La vie des abeilles

Maurice Maeterlinck

LIVRE PREMIER

AU SEUIL DE LA RUCHE

I

Je n'ai pas l'intention d'écrire un traité d'apiculture ou de l'élevage des abeilles. Tous les pays civilisés en possèdent d'excellents qu'il est inutile de refaire. La France a ceux de Dadant, de Georges de Layens et Bonnier, de Bertrand, de Hamet, de Weber, de Clément, de l'abbé Collin, etc. Les pays de langue anglaise ont Lansgtroth, Bevan, Cook, Cheshire, Cowan, Root et leurs disciples. L'Allemagne a Dzierzon, Van Berlepsch, Pollmann, Vogel et bien d'autres. Il ne s'agit pas davantage d'une monographie scientifique de l'*apis mellifica ligustica fasciata* etc., ni d'un recueil d'observations ou d'études nouvelles. Je ne dirai presque rien qui ne soit connu de tous ceux qui ont quelque peu pratiqué les abeilles. Afin de ne pas alourdir ce travail, j'ai réservé pour un ouvrage plus technique un certain nombre d'expériences et d'observations que j'ai faites durant mes vingt années d'apiculture et qui sont d'un intérêt trop limité et trop spécial. Je veux parler simplement des "blondes avettes" de Ronsard, comme on parle, à ceux qui ne le connaissent point, d'un objet qu'on connaît et qu'on aime. Je ne compte pas orner la vérité ni substituer, selon le juste reproche que Réaumur a fait à tous ceux qui se sont occupés avant lui de nos mouches à miel, un merveilleux complaisant et imaginaire au merveilleux réel. Il y a beaucoup de merveilleux dans la ruche, ce n'est pas une raison pour y en ajouter. Du reste, voici longtemps que j'ai renoncé à chercher en ce monde une merveille plus intéressante et plus belle que la vérité ou du moins que l'effort de l'homme pour la connaître. Ne nous évertuons point à trouver la grandeur de la vie dans les choses incertaines. Toutes les choses très certaines sont très grandes et nous n'avons jusqu'ici fait le tour d'aucune d'elles. Je n'avancerai donc rien que je n'aie vérifié moi-même, ou qui ne soit tellement admis par les classiques de l'apidologie que toute vérification en devenait oiseuse. Ma part se bornera de présenter les faits d'une manière aussi exacte, mais un peu plus vive, à les mêler de quelques réflexions plus développées et plus libres, à les grouper d'une façon un peu plus harmonieuse qu'on ne le peut faire dans un guide, dans un manuel pratique ou dans une monographie scientifique. Qui aura lu ce livre ne sera pas en état de conduire une ruche, mais connaîtra à peu près tout ce qu'on sait de certain, de curieux, de profond et d'intime sur ses habitants. Ce n'est guère, au prix de ce qui reste à apprendre. Je passerai sous silence toutes les traditions erronées qui forment encore, à la campagne et dans beaucoup d'ouvrages, la fable de l'apier. Quand il y aura doute, désaccord, hypothèse, quand j'arriverai à l'inconnu, je le déclarerai loyalement. Vous verrez que nous nous arrêterons souvent devant l'inconnu. Hors les grands actes sensibles de leur police et de leur activité, on ne sait rien de bien précis sur les fabuleuses filles d'Aristée. À mesure qu'on les cultive, on apprend à ignorer davantage les profondeurs de leur existence réelle, mais c'est une façon d'ignorer déjà meilleure que l'ignorance inconsciente et satisfaite qui fait le fond de notre science de la vie et c'est probablement tout ce que l'homme peut se flatter d'apprendre en ce monde. Existait-il un travail analogue sur l'abeille? Pour moi, bien que je croie avoir lu à peu près tout ce qu'on a écrit sur elle, je ne connais guère dans ce genre que le chapitre que lui réserve Michelet à la fin de "l'*Insecte*" et l'essai que lui consacre Ludwig Buchner, le célèbre auteur de *Force et Matière*, dans son "*Geistes Leben der Thiere*". Michelet a à peine effleuré le sujet; quant à Büchner, son étude est assez complète, mais, à lire les affirmations hasardeuses, les traits légendaires, les on-dit dès longtemps rejetés qu'il rapporte, je le soupçonne de n'être pas sorti de sa bibliothèque pour interroger ses héroïnes, et de n'avoir jamais ouvert une seule des centaines de ruches bruissantes et comme enflammées d'ailes qu'il faut violer avant que notre instinct s'accorde à leur secret, avant d'être imprégné de l'atmosphère, du parfum, de l'esprit, du mystère des vierges laborieuses. Cela ne sent ni le miel ni l'abeille, et cela a le défaut de beaucoup de nos livres savants, dont les conclusions sont souvent préconçues et dont l'appareil scientifique est formé d'une accumulation énorme d'anecdotes incertaines et prises de toutes mains. Du reste, je le rencontrerai rarement dans mon travail, car nos points de départ, nos points de vue et nos buts sont fort différents. (*On pourrait citer encore la monographie de Kirby et Spence dans leur "Introduction to Entomology" mais elle est presque exclusivement technique.*)

II

La bibliographie de l'abeille (Commençons par les livres pour nous en débarrasser plus vite et aller à la source même de ces livres) est des plus étendues. Dès l'origine, ce petit être étrange, vivant en société, sous des lois compliquées, et exécutant dans l'ombre des ouvrages prodigieux, attira la curiosité de l'homme. Aristote, Caton, Varron, Pline, Collumelle, Palladius, s'en sont occupés, sans parler du philosophe Aristomachus qui, au dire de Pline, les observa durant cinquante-huit ans, et de Phyliscus de Thasos, qui vécut dans les lieux déserts pour ne plus voir qu'elles, et fut surnommé "le Sauvage". Mais c'est là plutôt la légende de l'abeille, et tout ce qu'on en peut tirer, c'est-à-dire presque rien, se trouve résumé dans le quatrième chant des Géorgiques de Virgile. Son histoire ne commence qu'au XVIIème siècle avec les découvertes du grand savant hollandais Swammerdam. Il convient cependant d'ajouter ce détail peu connu; c'est qu'avant Swammerdam un naturaliste flamand, Clutius, avait affirmé certaines vérités importantes, entre autres que la reine est la mère unique de tout son peuple et qu'elle possède les attributs des deux sexes; mais il ne les avait pas prouvées. Swammerdam inventa les véritables méthodes d'observation scientifique, créa le microscope, imagina les injections conservatrices, disséqua le premier les abeilles, précisa définitivement, par la découverte des ovaires et de l'oviducte, le sexe de la reine qu'on avait crue roi jusqu'alors, et du coup, éclaira d'un rayon inattendu toute la politique de la ruche en la fondant sur la maternité. Il traça enfin des coupes et dessina des planches si parfaites qu'elles servent encore aujourd'hui à illustrer plus d'un traité d'apiculture. Il vivait dans le grouillant et trouble Amsterdam d'alors, y regrettant "la douce vie de la campagne" et mourut à quarante-trois ans, épuisé de travail. En un style pieux et précis, que de beaux élans simples d'une foi qui craint de chanceler rapportent tout à la gloire du Créateur, il consigna ses observations dans son grand ouvrage "Bybel der Natuure" que le docteur Boerhave, un siècle plus tard, fit traduire du néerlandais en latin, sous le titre de "Biblia naturae" (Leyde, 1737). Vint ensuite Réaumur, qui, fidèle aux mêmes méthodes, fit une foule d'expériences et d'observations curieuses dans ses jardins de Charenton, et réserva aux abeilles un volume entier de ses *Mémoires pour servir à l'histoire des insectes*. On peut le lire avec fruit et sans ennui. Il est clair, direct, sincère, et non dénué d'un certain charme un peu bourru et un peu sec. Il s'attacha surtout à détruire nombre d'erreurs anciennes, en répandit quelques nouvelles, démêla en partie la formation des essaims, le régime politique des reines, en un mot trouva plusieurs vérités difficiles, et mit sur la trace de beaucoup d'autres. Il consacra notamment de sa science, les merveilles de l'architecture de la ruche, et tout ce qu'il en dit n'a pas été mieux dit. On lui doit aussi l'idée des ruches vitrées, qui, perfectionnées depuis, ont mis à nu toute la vie privée de ces farouches ouvrières qui commencent leur œuvre dans la lumière éblouissante du soleil, mais ne la couronnent que dans les ténèbres. Pour être complet, je devrais encore citer les recherches et les travaux, un peu postérieurs, de Charles Bonnet et de Schirach (qui résolut l'énigme de l'œuf royal); mais je me borne aux grandes lignes et j'arrive à François Huber, le maître et le classique de la science apicole d'aujourd'hui. Huber, né à Genève en 1750, devint aveugle dans sa première jeunesse. Intéressé d'abord par les expériences de Réaumur, qu'il voulait contrôler, il se passionne bientôt pour ces recherches et, avec l'aide d'un domestique intelligent et dévoué, François Burnens, il voue sa vie entière à l'étude de l'abeille. Dans les annales de la souffrance et des victoires humaines, rien n'est touchant et plein de bons conseils comme l'histoire de cette patiente collaboration de l'un, qui ne percevait qu'une lueur immatérielle, guidait, par l'esprit, les mains et les regards de l'autre qui jouissait de la lumière réelle, où celui qui, à ce qu'on assure, n'avait jamais vu de ses propres yeux un rayon de miel, à travers le voile de ces yeux morts qui doublait pour lui l'autre voile dont la nature enveloppe toute chose, surprenait les secrets les plus profonds du génie qui formait ce rayon de miel invisible, comme pour nous apprendre qu'il n'est point d'état où nous devions renoncer à espérer et à chercher la vérité. Je n'énumérerai pas ce que la science apicole doit à Huber, j'aurai plus tôt fait de dire ce qu'elle ne lui doit point. Ses *Nouvelles observations sur les abeilles*, dont le premier volume fut écrit en 1789 sous forme de lettres à Charles Bonnet, et dont le second ne parut que vingt ans plus tard, sont restées le trésor abondant et sûr où vont puiser tous les apidologues. Certes, on y trouve quelques erreurs, quelques vérités imparfaites ; depuis son livre on a beaucoup ajouté à la micrographie, à la culture pratique des abeilles, au maniement des reines, etc., mais on n'a pu démentir ou prendre en défaut une seule de ses observations principales qui demeurent intactes dans notre expérience actuelle, et à sa base.

III

Après les révélations de Huber, il y a quelques années de silence; mais bientôt Dzierzon, curé de Carlsmark (en Silésie), découvre la parthénogenèse, c'est-à-dire la parturition virginale des reines, et imagine la première ruche à rayons mobiles, grâce à laquelle l'apiculteur pourra dorénavant prélever sa part sur la récolte de miel, sans mettre à mort ses meilleures colonies et sans anéantir en un instant le travail de toute une année. Cette ruche, encore très imparfaite, est magistralement perfectionnée par Langstroth, qui invente le cadre mobile proprement dit, propagé en Amérique avec un succès extraordinaire. Root, Quinby, Dadant, Cheshire, de Layens, Cowan, Heddon, Howard, etc., y apportent encore quelques améliorations précieuses. Mehring, pour épargner aux abeilles l'élaboration de la cire et la construction de magasins qui leur coûtent beaucoup de miel et le meilleur de leur temps, a l'idée de leur offrir des rayons de cire mécaniquement gaufrés, qu'elles acceptent aussitôt et approprient à leurs besoins. De Hruschka trouve *le Smélatore* qui, par l'emploi de la force centrifuge, permet d'extraire le miel sans briser les rayons, etc. En peu d'années, la routine de l'apiculture est rompue. La capacité et la fécondité des ruches sont triplées. De vastes et productifs ruchers se fondent de tous côtés. À partir de ce moment prennent fin l'inutile massacre des cités les plus laborieuses et l'odieuse sélection à rebours qui en était la conséquence. L'homme devient véritablement le maître des abeilles, maître furtif et ignoré, dirigeant tout sans donner d'ordre, et obéi sans être reconnu. Il se substitue aux destins des saisons. Il répare les injustices de l'année. Il réunit les républiques ennemies. Il égalise les richesses. Il augmente ou restreint les naissances. Il règle la fécondité de la reine. Il la détrône et la remplace après un consentement difficile que son habileté extorque d'un peuple qui s'affole au soupçon d'une intervention inconcevable. Il viole pacifiquement, quand il le juge utile, le secret des chambres sacrées et toute la politique retorse et prévoyante du gynécée royal. Il dépouille cinq ou six fois de suite du fruit de leur travail les sœurs du bon couvent infatigable, sans les blesser, sans les décourager et sans les appauvrir. Il proportionne les entrepôts et les greniers de leurs demeures à la moisson de fleurs que le printemps répand, dans sa hâte inégale, au penchant des collines. Il les oblige de réduire le nombre fastueux des amants qui attendent la naissance des princesses. En un mot, il en fait ce qu'il veut et en obtient ce qu'il demande, pourvu que sa demande se soumette à leurs vertus et à leurs lois car, à travers les volontés du dieu inattendu qui s'est emparé d'elles, trop vaste pour être discerné et trop étranger pour être compris, elles regardent plus loin que ne regarde ce dieu même, et ne songent qu'à accomplir, dans une abnégation inébranlée, le devoir mystérieux de leur race.

IV

Maintenant que les livres nous ont dit ce qu'ils avaient d'essentiel à nous dire, sur une histoire fort ancienne, quittons la science acquise par les autres pour aller voir de nos propres yeux les abeilles. Une heure au milieu du rucher nous montrera des choses peut-être moins précises mais infiniment plus vivantes et plus fécondes. Je n'ai pas encore oublié le premier rucher que je vis, où j'appris à aimer les abeilles. C'était, voilà des années, dans un gros village de cette Flandre Zélandaise, si nette et si gracieuse, qui, plus que la Zélande même, miroir concave de la Hollande, a concentré le goût des couleurs vives, et caresse des yeux, comme de jolis et graves jouets, ses pignons, ses tours et ses chariots enluminés, ses armoires et ses horloges qui reluisent au fond des corridors, ses petits arbres alignés le long des quais et des canaux, dans l'attente, semble-t-il, d'une cérémonie bienfaisante et naïve, ses barques et ses coches d'eau aux poupes ouvragées; ses portes et ses fenêtres pareilles à des fleurs, ses écluses irréprochables, ses ponts-levis minutieux et versicolores, ses maisonnettes vernissées comme des poteries harmonieuses et éclatantes d'où sortent des femmes en forme de sonnettes et parées d'or et d'argent pour aller traire les vaches en des prés entourés de barrières blanches, ou étendre le linge sur le tapis découpé en ovales et en losanges et méticuleusement vert, de pelouses fleuries. Une sorte de vieux sage, assez semblable au vieillard de Virgile, *homme égalant les rois, homme approchant*

3

des dieux, et comme ces derniers satisfait et tranquille, aurait dit La Fontaine, s'était retiré là, où la vie semblerait plus étroite qu'ailleurs, s'il était possible de rétrécir réellement la vie. Il y avait élevé son refuge, non dégoûté, — car le sage ne connaît point les grands dégoûts, —mais un peu las d'interroger les hommes qui répondent moins simplement que les animaux et les plantes aux seules questions intéressantes que l'on puisse poser à la nature et aux lois véritables. Tout son bonheur, de même que celui du philosophe scythe, consistait aux beautés d'un jardin, et parmi ces beautés la mieux aimée et la plus visitée était un rucher, composé de douze cloches de paille qu'il avait peintes, les unes de rose vif, les autres de jaune clair, la plupart d'un bleu tendre, car il avait observé, bien avant les expériences de Sir John Lubbock, que le bleu est la couleur préférée des abeilles. Il avait installé ce rucher contre le mur blanchi de la maison, dans l'angle que formait une de ces savoureuses et fraîches cuisines hollandaises aux dressoirs de faïence où étincelaient les étains et les cuivres, qui, par la porte ouverte, se reflétaient dans un canal paisible. Et l'eau, chargée d'images familières, sous un rideau de peupliers, guidait les regards jusqu'au repos d'un horizon de moulins et de prés. En ce lieu, comme partout où on les pose, les ruches avaient donné aux fleurs, au silence, à la douceur de l'air, aux rayons du soleil, une signification nouvelle. On y touchait en quelque sorte au but en tête de l'été. On s'y reposait au carrefour étincelant où convergent et d'où rayonnent les routes aériennes que parcourent de l'aube au crépuscule, affairés et sonores, tous les parfums de la campagne. On y venait entendre l'âme heureuse et visible, la voix intelligente et musicale, le foyer d'allégresse des belles heures du jardin. On y venait apprendre, à l'école des abeilles, les préoccupations de la nature toute-puissante, les rapports lumineux des trois règnes, l'organisation inépuisable de la vie, la morale du travail ardent et désintéressé, et, ce qui est aussi bon que la morale du travail, les héroïques ouvrières y enseignaient encore à goûter la saveur un peu confuse du loisir, en soulignant, pour ainsi dire, des traits de feu de leurs mille petites ailes, les délices presque insaisissables de ces journées immaculées qui tournent sur elles-mêmes dans les champs de l'espace, sans nous apporter rien qu'un globe transparent, vide de souvenirs comme un bonheur trop pur.

V

Afin de suivre aussi simplement que possible l'histoire annuelle de la ruche, nous en prendrons une qui se réveille au printemps et se remet au travail, et nous verrons se dérouler dans leur ordre naturel les grands épisodes de la vie de l'abeille, à savoir : la formation et le départ de l'essaim, la fondation de la cité nouvelle, la naissance, les combats et le vol nuptial des jeunes reines, le massacre des mâles et le retour du sommeil de l'hiver. Chacun de ces épisodes apportera de lui-même tous les éclaircissements nécessaires sur les lois, les particularités, les habitudes, les événements qui le provoquent ou l'accompagnent, en sorte qu'au bout de l'année apicole, qui est brève et dont l'activité ne s'étend guère que d'avril à la fin de septembre, nous aurons rencontré tous les mystères de la maison du miel. Pour l'instant, avant que de l'ouvrir et d'y jeter un coup d'œil général, il suffit de savoir qu'elle se compose d'une reine, mère de tout son peuple; de milliers d'ouvrières ou neutres, femelles incomplètes et stériles, et enfin de quelques centaines de mâles, parmi lesquels sera choisi l'époux unique et malheureux de la souveraine future que les ouvrières éliront après le départ plus ou moins volontaire de la mère régnante.

VI

La première fois qu'on ouvre une ruche, on éprouve un peu de l'émotion qu'on aurait à violer un objet inconnu et peut-être plein de surprises redoutables, un tombeau par exemple. Il y a autour des abeilles une légende de menaces et de périls. Il y a le souvenir énervé de ces piqûres qui provoquent une douleur si spéciale qu'on ne sait trop à quoi la comparer, une aridité fulgurante, dirait-on, une sorte de flamme du désert qui se répand dans le membre blessé ; comme si nos filles du soleil avaient extrait des rayons irrités de leur père, un venin éclatant pour défendre plus efficacement les trésors de douceur qu'elles tirent de ses heures bienfaisantes. Il est vrai qu'ouverte sans précaution par quelqu'un qui ne connaît ni ne respecte le caractère et les mœurs de ses habitantes, la ruche se transforme à l'instant en un buisson ardent de colère et d'héroïsme. Mais rien ne s'acquiert plus vite que la petite habileté nécessaire pour la manier impunément. Il suffit d'un peu de fumée projetée à propos, de beaucoup de sang-froid et de douceur, et les ouvrières bien armées se laissent dépouiller sans penser à tirer l'aiguillon. Elles ne reconnaissent pas leur maître, comme on l'a soutenu, elles ne craignent pas l'homme, mais à l'odeur de la fumée, aux gestes lents qui parcourent leur demeure sans les

4

menacer, elles s'imaginent que ce n'est pas d'une attaque ou d'un grand ennemi contre lequel il soit possible de se défendre, qu'il s'agit, mais d'une force ou d'une catastrophe naturelle à laquelle il convient de se soumettre. Au lieu de lutter vainement, et pleines d'une prévoyance qui se trompe parce qu'elle regarde trop loin, elles veulent du moins sauver l'avenir et se jettent sur les réserves de miel pour y puiser et pour cacher en elles-mêmes de quoi fonder ailleurs, n'importe où et aussitôt, une cité nouvelle, si l'ancienne est détruite, ou qu'elles soient forcées de l'abandonner.

VII

Le profane devant qui l'on ouvre une ruche d'observation est d'abord assez déçu. *(On appelle "ruche d'observation" une ruche vitrée munie de rideaux noirs ou de volets. Les meilleures ne renferment qu'un seul rayon, ce qui permet de l'observer sur ses deux faces. On peut, sans danger et sans inconvénient, installer ces ruches, pourvues d'une issue extérieure, dans un salon, une bibliothèque, etc. Les abeilles qui habitent celle qui se trouve à Paris, dans mon cabinet de travail, récoltent dans le désert de pierre de la grande ville, de quoi vivre et prospérer)* On lui avait affirmé que ce coffret de verre renfermait une activité sans exemple, un nombre infini de lois sages, une somme étonnante de génie, de mystères, d'expérience, de calculs, de sciences, d'industries diverses, de prévisions, de certitudes, d'habitudes intelligentes, de sentiments et de vertus étranges. Il n'y découvre qu'un amas confus de petites baies roussâtres, assez semblables à des grains de café torréfié, ou à des raisins secs agglomérés contre les vitres. Ces pauvres baies sont plus mortes que vives ébranlées de mouvements lents, incohérents et incompréhensibles. Il ne reconnaît pas les adorables gouttes de lumière, qui tout à l'heure se déversaient et rejaillissaient sans relâche dans l'haleine animée, pleine de perles et d'or, de mille calices épanouis. Elles grelottent dans les ténèbres. Elles étouffent dans une foule transie ; on dirait des prisonnières malades ou des reines déchues qui n'eurent qu'une seconde d'éclat parmi les fleurs illuminées du jardin, pour rentrer bientôt dans la misère honteuse de leur morne demeure encombrée. Il en est d'elles comme de toutes les réalités profondes. Il faut apprendre à les observer. Un habitant d'une autre planète, qui verrait les hommes aller et venir presque insensiblement par les rues, se tasser autour de certains édifices ou sur certaines places, attendre on ne sait quoi, sans mouvement apparent, au fond de leurs demeures, en conclurait aussi qu'ils sont inertes et misérables. Ce n'est qu'à la longue qu'on démêle l'activité multiple de cette inertie. En vérité, chacune de ces petites baies à peu près immobiles travaille sans répit et exerce un métier différent. Aucune ne connaît le repos, et celles, par exemple, qui semblent les plus endormies et pendent contre les vitres en grappes mortes, ont la tâche la plus mystérieuse et la plus fatigante; elles forment et sécrètent la cire. Mais nous rencontrerons bientôt le détail de cette activité unanime. Pour l'instant, il suffit d'appeler l'attention sur le trait essentiel de la nature de l'abeille qui explique l'entassement extraordinaire de ce travail confus. L'abeille est avant tout, et encore plus que la fourmi, un être de foule. Elle ne peut vivre qu'en tas. Quand elle sort de la ruche si encombrée qu'elle doit se frayer à coups de tête un passage à travers les murailles vivantes qui l'enserrent, elle sort de son élément propre. Elle plonge un moment dans l'espace plein de fleurs, comme le nageur plonge dans l'océan plein de perles, mais sous peine de mort il faut qu'à intervalles réguliers elle revienne respirer la multitude, de même que le nageur revient respirer l'air. Isolée, pourvue de vivres abondants et dans la température la plus favorable, elle expire au bout de quelques jours, non de faim ou de froid, mais de solitude. L'accumulation, la cité, dégage pour elle un aliment invisible aussi indispensable que le miel. C'est à ce besoin qu'il faut remonter pour fixer l'esprit des lois de la ruche. Dans la ruche, l'individu n'est rien, il n'a qu'une existence conditionnelle, il n'est qu'un moment indifférent, un organe ailé de l'espèce. Toute sa vie est un sacrifice total à l'être innombrable et perpétuel dont il fait partie. Il est curieux de constater qu'il n'en fut pas toujours ainsi. On retrouve encore aujourd'hui parmi les hyménoptères mellifères, tous les états de la civilisation progressive de notre abeille domestique. Au bas de l'échelle, elle travaille seule, dans la misère; souvent elle ne voit même pas sa descendance (les Prosopis, les Colletés, etc.), parfois elle vit au milieu de l'étroite famille annuelle qu'elle crée (les Bourdons). Elle forme ensuite des associations temporaires (les Panurgues, les Dasypodes, les Halictes, etc.), pour arriver enfin, de degrés en degrés, à la société à peu près parfaite mais impitoyable de nos ruches, où l'individu est entièrement absorbé par la république, et où la république à son tour est régulièrement sacrifiée à la cité abstraite et immortelle de l'avenir.

Ne nous hâtons pas de tirer de ces détails des conclusions applicables à l'homme. L'homme a la faculté de ne pas se soumettre aux lois de la nature; et, de savoir s'il a tort ou raison d'user de cette faculté, c'est le point le plus grave et le moins éclairci de sa morale. Mais il n'en est pas moins intéressant de surprendre la volonté de la nature dans un monde différent. Or, dans l'évolution des hyménoptères, qui sont immédiatement après l'homme les habitants de ce globe les plus favorisés sous le rapport de l'intelligence, cette volonté paraît très nette. Elle tend visiblement à l'amélioration de l'espèce, mais elle montre en même temps qu'elle ne la désire ou ne peut l'obtenir qu'au détriment de la liberté, des droits et du bonheur propres de l'individu. À mesure que la société s'organise et s'élève, la vie particulière de chacun de ses membres voit décroître son cercle. Dès qu'il y a progrès quelque part, il ne résulte que du sacrifice de plus en plus complet de l'intérêt personnel, au général. Il faut d'abord que chacun renonce à des vices, qui sont des actes d'indépendance. Ainsi, à l'avant-dernier degré de la civilisation apique se trouvent les bourdons, qui sont encore semblables à nos anthropophages. Les ouvrières adultes rôdent sans cesse autour des œufs pour les dévorer, et la mère est obligée de les défendre avec acharnement. Il faut ensuite que chacun, après s'être débarrassé des vices les plus dangereux, acquière un certain nombre de vertus de plus en plus pénibles. Les ouvrières des bourdons par exemple, ne songent pas à renoncer à l'amour, au lieu que notre abeille domestique vit dans une chasteté perpétuelle. Bientôt, du reste, nous verrons tout ce qu'elle abandonne en échange du bien-être, de la sécurité, de la perfection architecturale, économique et politique de la ruche, et nous reviendrons sur l'étonnante évolution des hyménoptères, dans le chapitre consacré au progrès de l'espèce.

LIVRE II   L'ESSAIM

I

Les abeilles de la ruche que nous avons choisie ont donc secoué la torpeur de l'hiver. La reine s'est remise à pondre dès les premiers jours de février. Les ouvrières ont visité les anémones, les pulmonaires, les ajoncs, les violettes, les saules, les noisetiers. Puis le printemps a envahi la terre; les greniers et les caves débordent de miel et de pollen, des milliers d'abeilles naissent chaque jour. Les mâles, gros et lourds, sortent de leurs vastes cellules, parcourent les rayons, et l'encombrement de la cité trop prospère devient tel que, le soir, à leur retour des fleurs, des centaines de travailleuses attardées ne trouvent plus à se loger et sont obligées de passer la nuit sur le seuil, où le froid les décime. Une inquiétude ébranle tout le peuple, et la vieille reine s'agite. Elle sent qu'un destin nouveau se prépare. Elle a fait religieusement son devoir de bonne créatrice, et maintenant, du devoir accompli sortent la tristesse et la tribulation. Une force invincible menace son repos; il va falloir bientôt quitter la ville où elle règne. Et pourtant cette ville, c'est son œuvre, et c'est elle tout entière. Elle n'en est pas la reine au sens où nous l'entendrions parmi les hommes. Elle n'y donne point d'ordres, et s'y trouve soumise, comme le dernier de ses sujets, à cette puissance masquée et souverainement sage que nous appellerons, en attendant que nous essayions de découvrir où elle réside, "l'esprit de la ruche". Mais elle en est la mère et l'unique organe de l'amour. Elle l'a fondée dans l'incertitude et la pauvreté. Sans cesse elle l'a peuplée de sa substance, et tous ceux qui l'animent, ouvrières, mâles, larves, nymphes, et les jeunes princesses dont la naissance prochaine va précipiter son départ et dont l'une lui succède déjà dans la pensée immortelle de l'Espèce, sont sortis de ses flancs.

II

"L'esprit de la ruche", où est-il, en qui s'incarne-t-il? Il n'est pas semblable à l'instinct particulier de l'oiseau, qui sait bâtir son nid avec adresse et chercher d'autres cieux quand le jour de l'émigration reparaît. Il n'est pas davantage une sorte d'habitude machinale de l'espèce, qui ne demande aveuglément qu'à vivre et se heurte à tous les angles du hasard sitôt qu'une circonstance imprévue dérange la série des phénomènes accoutumés. Au contraire, il suit pas à pas les circonstances toutes puissantes, comme un esclave intelligent et preste, qui sait tirer parti des ordres les plus dangereux de son maître. Il dispose impitoyablement, mais avec discrétion, et comme soumis à quelque grand devoir, des richesses, du bonheur, de la liberté, de la vie de tout un peuple ailé. Il règle jour par jour le nombre des naissances et le met strictement en rapport avec celui des fleurs qui illuminent la campagne. Il annonce à la reine sa déchéance ou la nécessité de son départ, la force de mettre au monde ses rivales, élève royalement celles-ci, les protège contre la haine politique de leur mère, permet ou défend, selon la générosité des calices multicolores, l'âge du printemps et les dangers probables du vol nuptial, que la première née d'entre les princesses vierges aille tuer dans leur berceau ses jeunes sœurs qui chantent le chant des reines. D'autres fois, quand la saison s'avance, que les heures fleuries sont moins longues, pour clore l'ère des révolutions et hâter la reprise du travail, il ordonne aux ouvrières mêmes de mettre à mort toute la descendance impériale. Cet esprit est prudent et économe, mais non pas avare. Il connaît, apparemment, les lois fastueuses et un peu folles de la nature en tout ce qui touche à l'amour. Aussi, durant les jours abondants de l'été, tolère-t-il — car c'est parmi eux que la reine qui va naître choisira son amant — la présence encombrante de trois ou quatre cents mâles étourdis, maladroits, inutilement affairés, prétentieux, totalement et scandaleusement oisifs, bruyants, gloutons, grossiers, malpropres, insatiables, énormes. Mais la reine fécondée, les fleurs s'ouvrant plus tard et se fermant plus tôt, un matin, froidement; il décrète leur massacre général et simultané. Il règle le travail de chacune des ouvrières. Selon leur âge, il distribue leur besogne aux nourrices qui soignent les larves et les nymphes, aux dames d'honneur qui pourvoient à l'entretien de la reine et ne la perdent pas de vue, aux ventileuses qui du battement de leurs ailes aèrent, rafraîchissent ou réchauffent la ruche, et hâtent l'évaporation du miel trop chargé d'eau, aux architectes, aux maçons, aux cirières, aux sculpteuses qui font la chaîne et bâtissent les rayons, aux butineuses qui vont chercher dans la campagne le nectar des fleurs qui deviendra le miel, le pollen qui est la nourriture des larves et des nymphes, la propolis qui sert à calfeutrer et à consolider les édifices de la cité, l'eau et le sel nécessaires à la jeunesse de la nation. Il impose leur tâche aux chimistes, qui assurent la conservation du miel en y instillant à l'aide de leur dard une goutte d'acide formique, aux operculeuses qui scellent les alvéoles dont le trésor est mûr, aux balayeuses qui maintiennent la propreté méticuleuse des rues et des places publiques, aux nécrophores qui emportent au loin les cadavres, aux amazones du corps de garde qui veillent nuit et jour à la sécurité du seuil, interrogent les allants et venants, reconnaissent les adolescentes à leur première sortie, effarouchent les vagabonds, les rôdeurs, les pillards, expulsent les intrus, attaquent en masse les ennemis redoutables, et s'il le faut, barricadent l'entrée. Enfin, c'est à l'esprit de la ruche qui fixe l'heure du grand sacrifice annuel au génie de l'espèce, — je veux dire l'essaimage, — où un peuple entier, arrivé au faîte de sa prospérité et de sa puissance, abandonne soudain à la génération future toutes ses richesses, ses palais, ses demeures et le fruit de ses peines, pour aller chercher au loin l'incertitude et le dénuement d'une patrie nouvelle. Voilà un acte qui, conscient ou non, passe certainement la morale humaine. Il ruine parfois, il appauvrit toujours, il disperse à coup sûr la ville bienheureuse pour obéir à une loi plus haute que le bonheur de la cité. Où se formule-t-elle, cette loi, qui, nous le verrons tout à l'heure, est loin d'être fatale et aveugle comme on le croit? Où, dans quelle assemblée, dans quel conseil, dans quelle sphère commune, .siège-t-il, cet esprit auquel tous se soumettent, et qui est lui-même soumis à un devoir héroïque et une raison toujours tournée vers l'avenir? Il en est de nos abeilles comme de la plupart des choses de ce monde ; nous observons quelques-unes de leurs habitudes, nous disons : elles font ceci, travaillent de cette façon, leurs reines naissent ainsi, leurs ouvrières restent vierges, elles essaiment à telle époque. Nous croyons les connaître et n'en demandons pas davantage. Nous les regardons se hâter de fleurs en fleurs ; nous observons le va-et-vient frémissant de la ruche ; cette existence nous semble bien simple, et bornée comme les autres aux soucis instinctifs de la nourriture et de la reproduction. Mais que l'œil s'approche et tâche de se rendre compte, et voilà la complexité effroyable des phénomènes les plus naturels, l'énigme de l'intelligence, de la volonté, des destinées, du but, des moyens et des causes, l'organisation incompréhensible du moindre acte de vie.

III

Donc, dans notre ruche, l'essaimage, la grande immolation aux dieux, exigeants de la race, se prépare. Obéissant à l'ordre de " l'esprit", qui nous semble assez peu explicable, attendu qu'il est exactement contraire à tous les instincts et à tous les sentiments de notre espèce, soixante à soixante-dix-mille abeilles sur les quatre-vingts ou quatre-vingt-dix mille de la population totale, vont abandonner à l'heure prescrite la cité maternelle. Elles ne partiront point dans un moment d'angoisse, elles ne fuiront pas, dans une résolution subite et effarée, une patrie dévastée par la famine, la guerre ou la maladie. Non, l'exil est longuement médité et l'heure favorable patiemment attendue. Si la ruche est pauvre, éprouvée par les malheurs de la famille royale, les intempéries, le pillage, elles ne l'abandonnent point. Elles ne la quittent qu'à l'apogée de son bonheur, lorsque, après le travail forcené du printemps, l'immense palais de cire aux cent vingt mille cellules bien rangées regorge de miel nouveau et de cette farine d'arc-en-ciel qu'on appelle "le pain des abeilles" et qui sert à nourrir les larves et les nymphes. Jamais la ruche n'est plus belle qu'à la veille de la renonciation héroïque. C'est pour elle l'heure sans égale, animée, un peu fébrile, et cependant sereine, de l'abondance et de l'allégresse plénières. Essayons de nous la représenter, non pas telle que la voient les abeilles, car nous ne pouvons nous imaginer de quelle façon magique se reflètent les phénomènes dans six ou sept mille facettes de leurs yeux latéraux et dans le triple œil cyclopéen de leur front, mais telle que nous la verrions si nous avions leur taille. Du haut d'un dôme plus colossal que celui de Saint-Pierre de Rome, descendent jusqu'au sol, verticales, multiples et parallèles, de gigantesques murailles de cire, constructions géométriques, suspendues dans les ténèbres et le vide, qu'on ne saurait, toutes proportions gardées, pour la précision, la hardiesse et l'énormité, comparer à aucune construction humaine. Chacune de ces murailles, dont la substance est encore toute fraîche, virginale, argentée, immaculée, odorante, est formée de milliers de cellules et contient des vivres suffisants pour nourrir le peuple entier durant plusieurs semaines. Ici, ce sont les taches éclatantes, rouges, jaunes, mauves et noires du pollen, ferments d'amour de toutes les fleurs du printemps, accumulés dans les alvéoles transparents. Tout autour, en longues et fastueuses draperies d'or aux plis rigides et immobiles, le miel d'avril, le plus limpide et le plus parfumé, repose déjà dans ses vingt mille réservoirs fermés d'un sceau qu'on ne violera qu'aux jours de suprême détresse. Plus haut, le miel de mai mûrit encore dans ses cuves grandes ouvertes au bord desquelles des cohortes vigilantes entretiennent un courant d'air incessant. Au centre, et loin de la lumière dont les jets de diamants pénètrent par l'unique ouverture, dans la partie la plus chaude de la ruche, sommeille et s'éveille l'avenir. C'est le domaine royal du "couvain" réservé à la reine et à ses acolytes : environ dix mille demeures où reposent les œufs, quinze ou seize mille chambres occupées par les larves; quarante mille maisons habitées par des nymphes blanches que soignent des milliers de nourrices. Enfin, au saint des saints de ces limbes, les trois, quatre, six ou douze palais clos, proportionnellement très vastes, des princesses adolescentes, qui attendent leur heure, enveloppées d'une sorte de suaire, immobiles et pâles, étant nourries dans les ténèbres. *(Les chiffres que nous donnons ici sont rigoureusement exacts. Ce sont ceux d'une forte ruche en pleine prospérité.)*

IV

Or, au jour prescrit par "l'esprit de la ruche", une partie du peuple, strictement déterminée suivant des lois immuables et sûres, cède la place à ces espérances qui sont encore sans forme. On laisse dans la ville endormie les mâles parmi lesquels sera choisi l'amant royal, de très jeunes abeilles qui soignent le couvain et quelques milliers d'ouvrières qui continueront de butiner au loin, garderont le trésor accumulé, et maintiendront les traditions morales de la ruche. Car chaque ruche a sa morale particulière. On en rencontre de très vertueuses et de très perverties, et l'apiculteur imprudent peut corrompre tel peuple, lui faire perdre le respect de la propriété d'autrui, l'inciter au pillage, lui donner des habitudes de conquête et d'oisiveté qui le rendront redoutable à toutes les petites républiques d'alentour. Il suffit que l'abeille ait eu l'occasion d'éprouver que le travail, au loin parmi les fleurs de la campagne dont il faut visiter des centaines pour former une goutte de miel, n'est pas le seul ni le plus prompt moyen de s'enrichir, et qu'il est plus facile de s'introduire en fraude dans les villes mal gardées, ou de force dans celles qui sont trop faibles pour se défendre. Elle perd bientôt la notion du devoir éblouissant mais impitoyable qui fait d'elle l'esclave ailée des corolles dans l'harmonie nuptiale de la nature, et il est souvent malaisé de ramener au bien une ruche ainsi dépravée.

V

Tout indique que ce n'est pas la reine, mais l'esprit de la ruche qui décide l'essaimage. Il en est de cette reine comme des chefs parmi les hommes ; ils ont l'air de commander, mais eux-mêmes obéissent à des ordres plus impérieux et plus inexplicables que ceux qu'ils donnent à qui leur est soumis. Quand cet esprit a fixé le moment, il faut que dès l'aurore, peut-être dès la veille ou l'avant-veille, il ait fait connaître sa résolution, car, à peine le soleil a-t-il bu les premières gouttes de rosée, qu'on remarque tout autour de la ville bourdonnante une agitation inaccoutumée, à laquelle l'apiculteur se trompe rarement. Parfois même on dirait qu'il y a lutte, hésitation, recul. Il arrive en effet que plusieurs jours de suite l'émoi doré et transparent s'élève et s'apaise sans raison apparente. Un nuage, que nous ne voyons pas, se forme-t-il, à cet instant, dans le ciel que les abeilles voient, ou un regret dans leur intelligence? Discute-t-on dans un conseil bruissant la nécessité du départ? Nous n'en savons rien, pas plus que nous ne savons de quelle façon l'esprit de la ruche apprend sa résolution à la foule. S'il est certain que les abeilles communiquent entre elles, on ignore si elles le font à la manière des hommes. Ce bourdonnement parfumé de miel, ce frémissement enivré des belles journées d'été, qui est un des plus doux plaisirs de l'éleveur d'abeilles, ce chant de fête du travail qui monte et qui descend tout autour du rucher dans le cristal de l'heure, et qui semble le murmure d'allégresse des fleurs épanouies, l'hymne de leur bonheur, l'écho de leurs odeurs suaves, la voix des œillets blancs, du thym, des marjolaines, il n'est pas certain qu'elles l'entendent. Elles ont cependant toute une gamme de sons que nous-mêmes discernons et qui va de la félicité profonde à la menace, à la colère, à la détresse ; elles ont l'ode de la reine, les refrains de l'abondance, les psaumes de la douleur; elles ont enfin les longs et mystérieux cris de guerre des princesses adolescentes dans les combats et les massacres qui précèdent le vol nuptial. Est-ce une musique de hasard qui n'effleure pas leur silence intérieur? Toujours est-il qu'elles ne s'émeuvent pas des bruits que nous produisons autour de la ruche, mais elles jugent peut-être que ces bruits ne sont pas de leur monde et n'ont aucun intérêt pour elles. Il est vraisemblable que, de notre côté, nous n'entendons qu'une minime partie de ce qu'elles disent, et qu'elles émettent une foule d'harmonies que nos organes ne sont pas faits pour percevoir. En tout cas, nous verrons plus loin qu'elles savent s'entendre et se concerter avec une rapidité parfois prodigieuse, et quand, par exemple, le grand pilleur de miel, l'énorme Sphinx Atropos, le papillon sinistre qui porte sur le dos une tête de mort, pénètre dans la ruche au murmure d'une sorte d'incantation irrésistible qui lui est propre, de proche en proche la nouvelle circule et, des gardes de l'entrée aux dernières ouvrières qui travaillent, là-bas, sur les derniers rayons, tout le peuple tressaille.

VI

On a cru longtemps qu'en abandonnant les trésors de leur royaume, pour s'élancer ainsi dans la vie incertaine, les sages mouches à miel, si économes, si sobres, si prévoyantes d'habitude, obéissaient à une sorte de folie fatale, à une impulsion machinale, à une loi de l'espèce, à un décret de la nature, à cette force qui pour tous les êtres est cachée dans le temps qui s'écoule. S'agit-il de l'abeille ou de nous-mêmes, nous appelons fatal tout ce que nous ne comprenons pas encore. Mais aujourd'hui, la ruche a livré deux ou trois de ses secrets matériels, et on a constaté que cet exode n'est ni instinctif, ni inévitable. Ce n'est pas une émigration aveugle, mais un sacrifice qui paraît raisonné, de la génération présente à la génération future. Il suffit que l'apiculteur détruise en leurs cellules les jeunes reines encore inertes, et qu'en même temps, si les larves et les nymphes sont nombreuses, il agrandisse les entrepôts et les dortoirs de la nation : sur l'heure, tout le tumulte improductif s'abat comme les gouttes d'or d'une pluie obéissante, le travail habituel se répand sur les fleurs, et, devenue indispensable, n'espérant ou ne redoutant plus de successeur, rassurée sur l'avenir de l'activité qui va naître, la vieille reine renonce à revoir cette année la lumière du soleil. Elle reprend paisiblement, dans les ténèbres, sa tâche maternelle qui consiste à pondre, en suivant une spirale méthodique, de cellule en cellule, sans en omettre une seule, sans s'arrêter jamais, deux ou trois mille œufs chaque jour. Qu'y a-t-il de fatal en tout ceci que l'amour de la race d'aujourd'hui pour la race de demain? Cette fatalité existe aussi dans l'espèce humaine, mais sa puissance et son étendue y sont moindres. Elle n'y produit jamais de ces grands sacrifices totaux et unanimes. À quelle fatalité prévoyante obéissons-nous qui remplace celle-ci? Nous l'ignorons et ne connaissons point l'être qui nous regarde comme nous regardons les abeilles.

VII

Mais l'homme ne trouble point l'histoire de la ruche que nous avons choisie, et l'ardeur encore toute mouillée d'une belle journée qui s'avance à pas tranquilles et déjà rayonnants sous les arbres, hâte l'heure du départ. Du haut en bas des corridors dorés qui séparent les murailles parallèles, les ouvrières achèvent les préparatifs du voyage. Et d'abord, chacune d'elles se charge d'une provision de miel suffisante pour cinq ou six jours. De ce miel qu'elles emportent, elles tireront, par une chimie qu'on n'a pas encore clairement expliquée, la cire nécessaire pour commencer immédiatement la construction des édifices. Elles se munissent en outre d'une certaine quantité de propolis, qui est une sorte de résine destinée à mastiquer les fentes de la nouvelle demeure, à y fixer tout ce qui branle, à en vernir toutes les parois, à en exclure toute lumière, car elles aiment à travailler dans une obscurité presque complète où elles se dirigent à l'aide de leurs yeux à facettes ou peut-être de leurs antennes, qu'on suppose le siège d'un sens inconnu qui palpe et mesure les ténèbres.

VIII

Elles savent donc prévoir les aventures de la journée la plus dangereuse de leur existence. Aujourd'hui, en effet, tout entières aux soucis et aux hasards peut-être prodigieux du grand acte, elles n'auront pas le temps de visiter les jardins et les prés, et demain, après-demain, il est possible qu'il vente, qu'il pleuve, que leurs ailes se glacent et que les fleurs ne s'ouvrent point. À défaut de cette prévoyance, ce serait la famine et la mort. Nul ne viendrait à leur secours et elles n'imploreraient le secours de personne. De cité à cité elles ne se connaissent point et ne s'aident jamais. Il arrive même que l'apiculteur installe la ruche où il a recueilli la vieille reine et la grappe d'abeilles qui l'entoure tout à côté de la demeure qu'elles viennent de quitter. Quel que soit le désastre qui les frappe, on dirait qu'elles en ont irrévocablement oublié la paix, la félicité laborieuse, les énormes richesses et la sécurité, et toutes, une à une, et jusqu'à la dernière, mourront de froid et de faim autour de leur malheureuse souveraine, plutôt que de rentrer dans la maison natale, dont la bonne odeur d'abondance, qui n'est que le parfum de leur travail passé; pénètre jusqu'à leur détresse.

IX

Voilà, dira-t-on, ce que ne feraient pas les hommes, un de ces faits qui prouvent que malgré les merveilles de cette organisation, il n'y a là ni intelligence, ni conscience véritables. Qu'en savons-nous ? Outre qu'il est fort admissible qu'il y ait en d'autres êtres une intelligence d'une autre nature que la nôtre, et qui produise des effets très différents sans être inférieurs, sommes-nous, tout en ne sortant pas de notre petite paroisse humaine, si bons juges des choses de l'esprit? Il suffit que nous voyions deux ou trois personnes causer et s'agiter derrière une fenêtre, sans entendre ce qu'elles disent, et déjà il nous est bien difficile de deviner la pensée qui les mène. Croyez-vous qu'un habitant de Mars ou de Vénus, qui, du haut d'une montagne, verrait aller et venir par les rues et les places publiques de nos villes, des petits points noirs que nous sommes dans l'espace, se formerait au spectacle de nos mouvements, de nos édifices, de nos canaux, de nos machines, une idée exacte de notre intelligence, de notre morale, de notre manière d'aimer, de penser, d'espérer, en un mot, de l'être intime et réel que nous sommes? Il se bornerait à constater quelques faits assez surprenants, comme nous le faisons dans la ruche, et en tirerait probablement des conclusions aussi incertaines, aussi erronées que les nôtres. En tout cas, il aurait bien du mal à découvrir dans "nos petits points noirs" la grande direction morale, l'admirable sentiment unanime qui éclate dans la ruche. "Où vont-ils? se demanderait-il, après nous avoir observés durant des années ou des siècles; que font-ils? Quel est le lieu central et le but de leur vie? Obéissent-ils à quelque dieu? Je ne vois rien qui conduise leurs pas. Un jour ils semblent édifier et amasser de petites choses, et le lendemain les détruisent et les éparpillent. Ils s'en vont et reviennent, ils s'assemblent et se dispersent, mais on ne sait ce qu'ils désirent. Ils offrent une foule de spectacles inexplicables. On en voit, par exemple, qui ne font pour ainsi dire aucun mouvement. On les reconnaît à leur pelage plus lustré; souvent aussi ils sont plus volumineux que les autres. Ils occupent des demeures dix ou vingt fois plus vastes, plus ingénieusement ordonnées et plus riches que les demeures ordinaires. Ils y font tous les jours des repas qui se prolongent durant des heures et parfois fort avant dans la nuit. Tous ceux qui les approchent paraissent les honorer, et des porteurs de vivres sortent des maisons voisines et viennent même du fond de la campagne pour leur faire des présents. Il faut croire qu'ils sont indispensables et rendent à l'espèce des services essentiels, bien que nos moyens d'investigation ne nous aient point encore permis de reconnaître avec exactitude la nature de ces services. On en voit d'autres, au contraire, qui dans de grandes cases encombrées de roues qui tourbillonnent, dans des réduits obscurs, autour des ports et sur de petits carrés de terre qu'ils fouillent de l'aurore au coucher du soleil, ne cessent de s'agiter péniblement. Tout nous fait supposer que cette agitation est punissable. On les loge, en effet, dans d'étroites huttes, malpropres et délabrées. Ils sont couverts d'une substance incolore. Telle parait être leur ardeur à leur œuvre nuisible, ou tout au moins inutile, qu'ils prennent à peine le temps de dormir et de manger. Leur nombre est aux premiers comme mille est à un. Il est remarquable que l'espèce ait pu se maintenir jusqu'à nos jours dans des conditions aussi défavorables à son développement. Du reste, il convient d'ajouter que, hormis cette

10

obstination caractéristique à leurs agitations pénibles, ils ont l'air inoffensif et docile et s'accommodent des restes de ceux qui sont évidemment les gardiens et peut-être les sauveurs de la race."

X

. N'est-il pas étonnant que la ruche que nous voyons ainsi confusément, du haut d'un autre monde, nous fasse, au premier regard que nous y jetons, une réponse sûre et profonde? N'est-il pas admirable que ses édifices pleins de certitude, ses usages, ses lois, son organisation économique et politique, ses vertus et ses cruautés mêmes, nous montrent immédiatement la pensée ou le dieu que les abeilles servent, et qui n'est pas le dieu le moins légitime ni le moins raisonnable qu'on puisse concevoir, bien que le seul peut-être que nous n'ayons pas encore sérieusement adoré, je veux dire l'avenir? Nous cherchons parfois, dans notre histoire humaine, à évaluer la force et la grandeur morale d'un peuple ou d'une race, et nous ne trouvons pas d'autre mesure que la persistance et l'ampleur de l'idéal qu'ils poursuivent et l'abnégation avec laquelle ils s'y dévouent. Avons-nous rencontré fréquemment un idéal plus conforme aux désirs de l'Univers, plus ferme, plus auguste, plus désintéressé, plus manifeste, et une abnégation plus totale et plus héroïque?

XI

Étrange petite république si logique et si grave, si positive, si minutieuse, si économe et cependant victime d'un rêve si vaste et si précaire! Petit peuple si décidé et si profond, nourri de chaleur et de lumière et de ce qu'il y a de plus pur dans la nature, l'âme des fleurs, c'est-à-dire le sourire le plus évident de la matière et son effort le plus touchant vers le bonheur et la beauté, qui nous dira les problèmes que vous avez résolus et qui nous restent à résoudre, les certitudes que vous avez acquises et qui nous restent à acquérir? Et s'il est vrai que vous ayez résolu ces problèmes, acquis ces certitudes, non pas à l'aide de l'intelligence, mais en vertu de quelque impulsion primitive et aveugle, à quelle énigme plus insoluble encore ne nous poussez-vous point? Petite cité pleine de foi, d'espérances, de mystères, pourquoi vos cent mille vierges acceptent-elles une tâche qu'aucun esclave humain n'a jamais acceptée? Ménagères de leurs forces, un peu moins oublieuses d'elles-mêmes, un peu moins ardentes à la peine, elles reverraient un autre printemps et un second été; mais dans le moment magnifique où toutes les fleurs les appellent, elles semblent frappées de l'ivresse mortelle du travail, et, les ailes brisées, le corps réduit à rien et couvert de blessures, elles périssent presque toutes en moins de cinq semaines. *"Tantus amor florum, et generandi gloria mellis"* s'écrie Virgile, qui nous a transmis dans le quatrième livre des *Géorgiques*, consacré aux abeilles, les erreurs charmantes des anciens, qui observaient la nature d'un œil encore tout ébloui de la présence de dieux imaginaires.

XII

Pourquoi renoncent-elles au sommeil, aux délices du miel, à l'amour, aux loisirs adorables que connaît, par exemple, leur frère ailé, le papillon? Ne pourraient-elles pas vivre comme lui? Ce n'est pas la faim qui les presse. Deux ou trois fleurs suffisent à les nourrir et elles en visitent deux ou trois cents par heure pour accumuler un trésor dont elles ne goûteront pas la douceur. À quoi bon se donner tant de mal, d'où vient tant d'assurance? Il est donc bien certain que la génération pour laquelle vous mourez mérite ce sacrifice, qu'elle sera plus belle et plus heureuse, qu'elle fera quelque chose que vous n'ayez pas fait? Nous voyons votre but, il est aussi clair que le nôtre : vous voulez vivre en votre descendance aussi longtemps que la terre elle-même; mais quel est donc le but de ce grand but et la mission de cette existence éternellement renouvelée? Mais n'est-ce pas plutôt nous qui nous tourmentons dans l'hésitation et l'erreur, qui sommes des rêveurs puérils et qui vous posons des questions inutiles? Vous seriez, d'évolutions en évolutions, devenues toutes-puissantes et bien heureuses, vous seriez arrivées aux dernières hauteurs d'où vous domineriez les lois de la nature, vous seriez enfin des déesses immortelles, que nous vous interrogerions encore et vous demanderions ce que vous espérez, où vous voulez aller, où vous comptez vous arrêter et vous déclarer sans désir. Nous sommes ainsi faits que rien ne nous contente, que rien ne nous semble avoir son but en dedans de soi, que rien ne nous paraît exister simplement, sans arrière-pensée. Avons-nous pu jusqu'à ce jour imaginer un seul de nos dieux, depuis le plus grossier jusqu'au plus raisonnable, sans le faire immédiatement s'agiter, sans l'obliger de créer une foule d'êtres et de choses, de chercher mille fins par-delà lui-même, et nous résignerons-nous jamais à représenter tranquillement et durant quelques heures une forme intéressante de l'activité de la matière, pour

11

reprendre bientôt, sans regrets et sans étonnement, l'autre forme qui est l'inconsciente, l'inconnue, l'endormie, l'éternelle ?

XIII

Mais n'oublions pas notre ruche où l'essaim perd patience, notre ruche qui bouillonne et déborde déjà de flots noirs et vibrants, tels qu'un vase sonore sous l'ardeur du soleil. Il est midi, et l'on dirait qu'autour de la chaleur qui règne, les arbres assemblés retiennent toutes leurs feuilles, comme on retient son souffle en présence d'une chose très douce, mais très grave. Les abeilles donnent le miel et la cire odorante à l'homme qui les soigne; mais, ce qui vaut peut-être mieux que le miel et la cire, c'est qu'elles appellent son attention sur l'allégresse de juin, c'est qu'elles lui font goûter l'harmonie des beaux mois, c'est que tous les événements où elles se mêlent sont liés aux ciels purs, à la fête des fleurs, aux heures les plus heureuses de l'année. Elles sont l'âme de l'été, l'horloge des minutes d'abondance, l'ailé diligente des parfums qui s'élancent, l'intelligence des rayons qui planent, le murmure des clartés qui tressaillent, le chant de l'atmosphère qui s'étire et se repose, et leur vol est le signe visible, la note convaincue et musicale des petites joies innombrables qui naissent de la chaleur et vivent dans la lumière. Elles font comprendre la voix la plus intime des bonnes heures naturelles. A qui les a connues, à qui les a aimées, un été sans abeilles semble aussi malheureux et aussi imparfait que s'il était sans oiseaux et sans fleurs.

XIV

Celui qui assiste pour la première fois à cet épisode assourdissant et désordonné qu'est l'essaimage d'une ruche bien peuplée est assez déconcerté et n'approche qu'avec crainte. Il ne reconnait plus les sérieuses et paisibles abeilles des heures laborieuses. Il les avait vues quelques instants auparavant arriver de tous les coins de la campagne, préoccupées comme de petites bourgeoises que rien ne saurait distraire des affaires du ménage. Elles entraient presque inaperçues, épuisées, essoufflées, empressées, agitées, mais discrètes, saluées au passage d'un léger signe des antennes par les jeunes amazones du portail. Tout au plus , échangeaient elles les trois ou quatre mots, probablement indispensables, en remettant en hâte leur récolte de miel à l'une des porteuses adolescentes qui stationnent toujours dans la cour intérieure de l'usine; ou bien elles allaient déposer elles-mêmes, dans les vastes greniers qui entourent le couvain, les deux lourdes corbeilles de pollen accrochées à leurs cuisses, pour repartir immédiatement après, sans s'inquiéter de ce qui se passait dans les ateliers, dans le dortoir des nymphes ou le palais royal, sans se mêler ne fût-ce qu'un instant, au brouhaha de la place publique qui s'étend devant le seuil, et qu'encombrent, aux heures de grosse chaleur, les bavardages des ventileuses qui, suivant l'expression pittoresque des apiculteurs, "font la barbe".

XV

Aujourd'hui, tout est changé. Il est vrai qu'un certain nombre d'ouvrières, paisiblement, comme si rien n'allait se passer, vont aux champs, en reviennent, nettoient la ruche, montent aux chambres du couvain, sans se laisser gagner par l'ivresse générale. Ce sont celles qui n'accompagneront pas la reine et resteront dans la vieille demeure pour la garder, pour soigner et nourrir les œufs, les dix mille œufs, les dix-huit mille larves, les trente-six mille nymphes et les sept ou huit princesses qu'on abandonne. Elles sont choisies pour ce devoir austère, sans qu'on sache en vertu de quelles règles, ni par qui, ni comment. Elles y sont tranquillement et inflexiblement fidèles, et bien que j'aie renouvelé maintes fois l'expérience, en poudrant d'une matière colorante quelques-unes de ces "cendrillons" résignées, qu'on reconnaît assez facilement à leur allure sérieuse et un peu lourde parmi le peuple en fête, il est bien rare que j'en aie retrouvé une dans la foule enivrée de l'essaim.

XVI

Et cependant, l'attrait paraît irrésistible. C'est le délire du sacrifice, peut-être inconscient, ordonné par le dieu, c'est la fête du miel, la victoire de la race et de l'avenir, c'est le seul jour de joie, d'oubli et de folie, c'est l'unique dimanche des abeilles. C'est aussi, croirait-on, le seul jour où elles mangent à leur faim et connaissent pleinement la douceur du trésor qu'elles amassent. Elles ont l'air de prisonnières délivrées et subitement transportés dans un pays d'exubérance et de délassements. Elles exultent, ne se possèdent plus. Elles qui ne font jamais un mouvement imprécis ou inutile, elles vont, elles viennent, sortent, rentrent, ressortent pour exciter leurs sœurs, voir si la reine est prête, étourdir leur attente. Elles volent beaucoup plus haut que de coutume et font vibrer tout autour du rucher les feuillages des grands arbres. Elles n'ont plus ni craintes ni soucis. Elles ne sont plus farouches, tatillonnes, soupçonneuses, irritables, agressives, indomptables. L'homme, le maître ignoré qu'elles ne reconnaissent jamais et qui ne parvient à les asservir qu'en se pliant à toutes leurs habitudes de travail, en respectant toutes leurs lois, en suivant pas à pas le sillon que trace dans la vie leur intelligence toujours dirigée, vers le bien de demain et que rien ne déconcerte ni ne détourne de son but, l'homme peut les approcher, déchirer le rideau blond et tiède que forment autour de lui leurs tourbillons retentissants, les prendre dans la main, les cueillir, comme une grappe de fruits, elles sont aussi douces, aussi inoffensives qu'une nuée de libellules ou de phalènes et, ce jour-là, heureuses, ne possédant plus rien, confiantes en l'avenir, pourvu qu'on ne les sépare pas de leur reine qui porte en elle cet avenir, elles se soumettent à tout et ne blessent personne.

XVII

Mais le véritable signal n'est pas encore donné. Dans la ruche, c'est une agitation inconcevable et un désordre dont on ne peut découvrir la pensée. En temps ordinaire, rentrées chez elles, les abeilles oublient qu'elles ont des ailes, et chacune se tient à peu près immobile, mais non pas inactive, sur les rayons, à la place qui lui est assignée par son genre de travail. Maintenant, affolées, elles se meuvent en cercles compacts du haut en bas des parois verticales, comme une pâte vibrante remuée par une main invisible. La température intérieure s'élève rapidement, à tel point, parfois, que la cire des édifices s'amollit et se déforme. La reine, qui d'habitude ne quitte jamais les rayons du centre, parcourt éperdue, haletante, la surface de la foule véhémente qui tourne et retourne sur soi. Est-ce pour hâter le départ ou pour le retarder? Ordonne-t-elle ou bien implore-t-elle? Propage-t-elle l'émotion prodigieuse ou si elle la subit? Il paraît assez évident, d'après ce que nous savons de la psychologie générale de l'abeille, que l'essaimage se fait toujours contre le gré de la vieille souveraine. Au fond, la reine est, aux yeux des ascétiques ouvrières que sont ses filles, l'organe de l'amour, indispensable et sacré, mais un peu inconscient et souvent puéril. Aussi la traitent-elles comme une mère en tutelle. Elles ont pour elle un respect, une tendresse héroïque et sans bornes. A elle est réservé le miel le plus pur, spécialement distillé et presque entièrement assimilable. Elle a une escorte de satellites ou de licteurs, selon l'expression de Pline, qui veille sur elle nuit et jour, facilite son travail maternel, prépare les cellules où elle doit pondre, la choie, la caresse, la nourrit, la nettoie, absorbe même ses excréments Au moindre accident qui lui arrive, la nouvelle se répand de proche en proche, et le peuple se bouscule et se lamente. Si on l'enlève à la ruche, et que les abeilles ne puissent espérer de la remplacer, soit qu'elle n'ait pas laissé de descendance prédestinée, soit qu'il n'y ait pas de larves d'ouvrières âgées de moins de trois jours *(car toute larve d'ouvrière qui a moins de trois jours peut, grâce à une nourriture particulière, être transformée en nymphe royale, c'est le grand principe démocratique de la ruche qui compense les prérogatives de la prédestination maternelle)*, si, dans ces circonstances, on la saisit, on l'emprisonne, et qu'on la porte loin de sa demeure, sa perte constatée, — il s'écoule parfois deux ou trois heures avant qu'elle soit connue de tout le monde, tant la cité est vaste, — le travail cesse à peu près partout. On abandonne les petits, une partie de la population erre çà et là en quête de sa mère, une autre sort à sa recherche, les guirlandes d'ouvrières occupées à bâtir les rayons se rompent et se désagrègent, les butineuses ne visitent plus les fleurs, les gardes de l'entrée désertent leur poste, et les pillardes étrangères, tous les parasites du miel, perpétuellement à l'affût d'une aubaine, entrent et sortent librement sans que personne songe à défendre le trésor âprement amassé. Peu à peu, la cité s'appauvrit et se dépeuple, et ses habitantes, découragées, ne tardent pas à mourir de tristesse et de misère, bien que toutes les fleurs de l'été éclatent devant elles. Mais qu'on leur restitue leur souveraine avant que sa perte soit passée en fait de chose accompli et irrémédiable, avant que la démoralisation soit trop profonde *(les abeilles sont comme les hommes, un malheur et un désespoir prolongé rompt leur intelligence et dégrade leur caractère)*, qu'on la leur restitue quelques heures après, et l'accueil qu'elles lui font est extraordinaire et touchant. Toutes s'empressent autour d'elle, .s'attroupent, grimpent les unes sur les autres, la caressent, au passage, de leurs longues antennes qui contiennent tant d'organes encore inexpliqués, lui présentent du miel, l'escortent en tumulte jusqu'aux chambres royales. Aussitôt l'ordre se rétablit, le travail reprend, des rayons centraux du couvain jusqu'aux plus lointaines annexes où s'entasse le surplus de la récolte, les butineuses sortent en files

13

noires et rentrent parfois moins de trois minutes après déjà chargées de nectar et de pollen, les pillards et les parasites sont expulsés ou massacrés, les rues sont balayées, et la ruche retentit doucement et monotonement de ce chant bienheureux et si particulier qui est le chant intime de la présence royale.

XVIII

On a mille exemples de cet attachement, de ce dévouement absolu des ouvrières à leur souveraine. Dans toutes les catastrophes de la petite république, la chute de la ruche ou des rayons, la brutalité ou l'ignorance de l'homme, le froid, la famine, la maladie même, si le peuple périt en foule, presque toujours la reine est sauve et on la retrouve vivante sous les cadavres de ses filles fidèles. C'est que toutes la protègent, facilitent sa fuite, lui font de leur corps un rempart et un abri, lui réservent la nourriture la plus saine et les dernières gouttes de miel. Et tant qu'elle est en vie, quel que soit le désastre, le découragement n'entre pas dans la cité des "chastes buveuses de rosée". Brisez vingt fois de suite leurs rayons, enlevez-leur vingt fois leurs enfants et leurs vivres, vous n'arriverez pas à les faire douter de l'avenir; et décimées, affamées, réduites à une petite troupe qui peut à peine dissimuler leur mère aux yeux de l'ennemi, elles réorganiseront les règlements de la colonie, pourvoiront au plus pressé, se partageront à nouveau la besogne selon les nécessités anormales du moment malheureux, et reprendront immédiatement le travail avec une patience, une ardeur, une intelligence, une ténacité qu'on ne retrouve pas souvent à ce degré dans la nature, bien que la plupart des êtres y montrent plus de courage et de confiance que l'homme. Pour écarter le découragement et entretenir leur amour, il ne faut même pas que la reine soit présente, il suffit qu'elle ait laissé à l'heure de sa mort ou de son départ le plus fragile espoir de descendance. "Nous avons vu, dit le vénérable Langstroth, l'un des pères de l'apiculture moderne, nous avons vu une colonie qui n'avait pas assez d'abeilles pour couvrir un rayon de dix centimètres carrés essayer d'élever une reine. Pendant deux semaines entières elles en conservèrent l'espoir; à la fin, lorsque leur nombre était réduit de moitié, leur reine naquit, mais ses ailes étaient si imparfaites qu'elle ne put voler. Quoiqu'elle fût impotente, ses abeilles ne la traitèrent pas avec moins de respect. Une semaine plus tard, il ne restait guère plus d'une douzaine d'abeilles ; enfin, quelques jours après, la reine avait disparu, laissant sur les rayons quelques malheureuses inconsolables".

XIX

Voici, entre autres, une circonstance, née des épreuves inouïes que notre intervention récente et tyrannique fait subir aux infortunées mais inébranlables héroïnes, où l'on saisit au vif le dernier geste de l'amour filial et de l'abnégation. J'ai, plus d'une fois, comme tout amateur d'abeilles, fait venir d'Italie des reines fécondées, car la race italienne est meilleure, plus robuste, plus prolifique, plus active et plus douce que la nôtre. Ces envois se font dans de petites boîtes percées de trous. On y met quelques vivres et on y renferme la reine accompagnée d'un certain nombre d'ouvrières, choisies autant que possible parmi les plus âgées *(l'âge des abeilles se reconnaît assez facilement à leur corps plus poli, amaigri, presque chauve, et surtout à leurs ailes usées et déchirées par le travail),* pour la nourrir, la soigner et veiller sur elle durant le voyage. Bien souvent, à l'arrivée, la plupart des ouvrières avaient succombé. Une fois même, toutes étaient mortes de faim; mais, cette fois comme les autres, la reine était intacte et vigoureuse, et la dernière de ses compagnes avait probablement péri en offrant à sa souveraine, symbole d'une vie plus précieuse et plus vaste que la sienne, la dernière goutte de miel qu'elle tenait en réserve au fond de son jabot.

XX

L'homme ayant observé cette affection si constante a su tourner à son avantage l'admirable sens politique, l'ardeur au travail, la persévérance, la magnanimité, la passion de l'avenir qui en découlent ou s'y trouvent renfermés. C'est grâce à elle que depuis quelques années il est parvenu à domestiquer jusqu'à un certain point, et à leur insu, les farouches guerrières, car elles ne cèdent à aucune force étrangère, et dans leur inconsciente servitude elles ne servent encore que leurs propres lois asservies. Il peut croire qu'en tenant la reine, il tient dans sa main l'âme et les destinées de la ruche. Selon la manière dont il en use, dont il en joue, pour ainsi dire, il provoque, par exemple, et multiplie, il empêche ou restreint l'essaimage, il réunit ou divise les colonies, il dirige l'émigration des royaumes. Il n'en est pas moins vrai que la reine n'est au fond qu'une sorte de vivant symbole, qui, comme tous les symboles, représente un principe moins visible et plus vaste,

14

dont il est bon que l'apiculteur tienne compte s'il ne veut pas s'exposer à plus d'une déconvenue. Au reste, les abeilles ne s'y trompent point et ne perdent pas de vue, à travers leur reine visible et éphémère, leur véritable souveraine immatérielle et permanente, qui est leur idée fixe. Que cette idée soit consciente ou non, cela n'importe que si nous voulons plus spécialement admirer les abeilles qui l'ont ou la nature qui la mise en elles. En quelque point qu'elle se trouve, dans ces petits corps si frêles, ou dans le grand corps inconnaissable, elle est digne de notre attention. Et, pour le dire en passant, si nous prenions garde à ne pas subordonner notre admiration à tant de circonstances de lieu ou d'origine, nous ne perdrions pas si souvent l'occasion d'ouvrir nos yeux avec étonnement, et rien n'est plus salutaire que de les ouvrir ainsi.

XXI

On se dira que ce sont là des conjectures bien hasardeuses et trop humaines, que les abeilles n'ont probablement aucune idée de ce genre, et que la notion de l'avenir, de l'amour de la race, et tant d'autres que nous leur attribuons, ne sont au fond que les formes que prennent pour elles la nécessité de vivre, la crainte de la souffrance et de la mort et l'attrait du plaisir. J'en conviens; tout cela, si l'on veut, n'est qu'une manière de parler, aussi n'y attaché-je pas grande importance. La seule chose certaine ici, comme elle est la seule chose certaine dans tout ce que nous savons, c'est que l'on constate que dans telle et telle circonstance, les abeilles se conduisent envers leur reine de telle ou telle façon. Le reste est un mystère autour duquel on ne peut faire que des conjectures plus ou moins agréables, plus ou moins ingénieuses. Mais si nous parlions des hommes, comme il serait peut-être sage de parler des abeilles, aurions-nous le droit d'en dire beaucoup davantage? Nous aussi nous n'obéissons qu'aux nécessités, à l'attrait du plaisir ou à l'horreur de la souffrance, et ce que nous appelons notre intelligence à la même origine et la même mission que ce que nous appelons instinct chez les animaux. Nous accomplissons certains actes, dont nous croyons connaître les effets, nous en subissons, dont nous nous flattons de pénétrer les causes mieux qu'ils ne font; mais outre que cette supposition ne repose sur rien d'inébranlable, ces actes sont minimes et rares, comparés à la foule énorme des autres, et tous, les mieux connus et les plus ignorés, les plus petits et les plus grandioses, les plus proches et les plus éloignés, s'accomplissent dans une nuit profonde où il est probable, que nous sommes à peu près aussi aveugles que nous supposons que le sont les abeilles.

XXII

"On conviendra, dit quelque part Buffon, qui a contre les abeilles une rancune assez plaisante, on conviendra qu'à prendre ces mouches une à une, elles ont moins de génie que le chien, le singe et la plupart des animaux; on conviendra qu'elles ont moins de docilité, moins d'attachement, moins de sentiment, moins, en un mot, de qualités relatives aux nôtres; dès lors on doit convenir que leur intelligence apparente ne vient que de leur multitude réunie; cependant cette réunion même ne suppose aucune intelligence, car ce n'est point par des vues morales qu'elles se réunissent, c'est sans leur consentement qu'elles se trouvent ensemble. Cette société n'est donc qu'un assemblage physique, ordonné par la nature, et indépendant de toute connaissance, de tout raisonnement. La mère abeille produit dix mille individus tout à la fois, et dans le même lieu; ces dix mille individus, fussent-ils encore mille fois plus stupides que je ne le suppose, seront obligés, pour continuer seulement d'exister, de s'arranger de quelque façon; comme ils agissent tous les uns comme les autres avec des forces égales, eussent-ils commencé par se nuire, à force de se nuire ils arriveront bientôt à se nuire le moins possible, c'est-à-dire à s'aider ; ils auront donc l'air de s'entendre et de concourir au même but; l'observateur leur prêtera bientôt des vues et tout l'esprit qui leur manque, il voudra rendre raison de chaque action, chaque mouvement aura bientôt son motif, et de là sortiront des merveilles ou des monstres de raisonnements sans nombre; car ces dix mille individus qui ont tous été produits à la fois, qui ont habité ensemble, qui se sont tous métamorphosés à peu près dans le même temps, ne peuvent manquer de faire tous la même chose, et, pour peu qu'ils aient de sentiment, de prendre les habitudes communes, de s'arranger, de se trouver bien ensemble, de s'occuper de leur demeure, d'y revenir après s'en être éloignés, etc., et de là l'architecture, la géométrie, l'ordre, la prévoyance, l'amour de la patrie, la république en un mot, le tout fondé, comme l'on voit, sur l'admiration de l'observateur." Voilà une manière toute contraire d'expliquer nos abeilles. Elle peut sembler d'abord plus naturelle; mais ne serait-ce pas, au fond, par la raison bien simple qu'elle n'explique presque rien? Je passe sur les erreurs matérielles de cette page; mais s'accommoder ainsi, en se nuisant le moins possible, des nécessités de la vie commune, cela ne suppose-t-il pas une certaine intelligence, qui paraitra d'autant plus remarquable qu'on examinera de plus près de quelle façon ces "dix mille individus" évitent de se nuire et arrivent à s'aider? Aussi bien n'est-ce pas notre propre histoire; et que dit le vieux naturaliste irrité qui ne s'applique exactement à toutes nos sociétés humaines? Notre sagesse, nos vertus, notre politique, âpres filleuls de la nécessité que notre imagination a dorés, n'ont d'autre but que d'utiliser notre égoïsme et de tourner au bien commun l'activité naturellement nuisible de chaque individu. Et puis, encore une fois, si l'on veut que les abeilles n'aient aucune des idées, aucun des sentiments que nous leur attribuons, que nous importe le lieu de notre étonnement? Si l'on croit qu'il est imprudent d'admirer les abeilles, nous admirerons la nature, il arrivera toujours un moment où l'on ne pourra plus nous arracher notre admiration et nous ne perdrons rien pour avoir reculé et attendu.

XXIII

Quoi qu'il en soit, et pour ne pas abandonner notre conjecture qui a du moins l'avantage de relier dans notre esprit certains actes qui sont évidemment liés dans la réalité, c'est beaucoup plus l'avenir infini de leur race que les abeilles adorent en leur reine que leur reine elle-même. Les abeilles ne sont guère sentimentales, et quand une des leurs revient du travail si grièvement blessée qu'elles estiment qu'elle ne pourra plus rendre aucun service, elles l'expulsent impitoyablement. Et cependant, on ne peut dire qu'elles soient tout à fait incapables d'une sorte d'attachement personnel pour leur mère. Elles la reconnaissent entre toutes. Alors même qu'elle est vieille, misérable, estropiée, les gardes de la porte ne permettront jamais à une reine inconnue, si jeune, si belle, si féconde qu'elle paraisse, de pénétrer dans la ruche. Il est vrai que c'est là l'un des principes fondamentaux de leur police, auquel on ne déroge parfois, aux époques de grande miellée, qu'en faveur de quelque ouvrière étrangère bien chargée de vivres. Lorsque la reine est devenue complètement stérile, elles la remplacent en élevant un certain nombre de princesses royales. Mais que font-elles de la vieille souveraine? On ne le sait pas exactement, mais il est arrivé parfois aux éleveurs d'abeilles de trouver sur les rayons d'une ruche une reine magnifique et dans la fleur de l'âge, et, tout au fond, en un réduit obscur, l'ancienne "maîtresse", comme on l'appelle en Normandie, amaigrie et percluse. Il semble que dans ce cas elles aient dû prendre soin de la protéger jusqu'au bout contre la haine de sa vigoureuse rivale qui ne rêve que sa mort, car les reines ont entre elles une horreur invincible qui les fait se précipiter l'une sur l'autre dès qu'il s'en trouve deux sous le même toit. On croirait volontiers qu'elles assurent ainsi à la plus vieille une sorte de retraite humble et paisible pour y finir ses jours dans un coin reculé de la ville. Ici encore nous touchons à l'une des mille énigmes du royaume de cire, et nous avons l'occasion de constater, une fois de plus, que la politique et les habitudes des abeilles ne sont nullement fatales et étroites, et qu'elles obéissent à bien des mobiles plus compliqués que ceux que nous croyons connaître.

XXIV

Mais nous troublons à chaque instant les lois de la nature qui doivent leur sembler les plus inébranlables. Nous les mettons tous les jours dans la situation où nous nous trouverions nous-mêmes si quelqu'un supprimait brusquement autour de nous les lois de la pesanteur, de l'espace, de la lumière ou de la mort. Que feront-elles donc si on introduit de force ou frauduleusement une seconde reine dans la cité? À l'état de nature, ce cas, grâce aux sentinelles de l'entrée, ne s'est peut-être jamais présenté depuis qu'elles habitent ce monde. Elles ne s'affolent point et savent concilier du mieux qu'il est possible, dans une conjoncture aussi prodigieuse, deux principes qu'elles respectent comme des ordres divins. Le premier est celui de la maternité unique qui ne fléchit jamais, hors le cas (et tout à fait exceptionnellement dans ce cas) de stérilité de la reine régnante. Le second est plus curieux encore, mais, s'il ne peut être outrepassé, du moins admet-il qu'on le tourne pour ainsi dire judaïquement. Ce principe est celui qui revêt d'une sorte d'inviolabilité la personne de toute reine, quelle qu'elle soit. Il serait facile aux abeilles de percer l'intruse de mille dards empoisonnés; elle périrait sur l'heure et elles n'auraient plus qu'à traîner son cadavre hors de la ruche. Mais bien qu'elles aient l'aiguillon toujours prêt, qu'elles s'en servent à tout moment pour se combattre entre elles, pour mettre à mort les mâles, les ennemis ou les parasites, *elles ne le tirent jamais contre une reine*, de même qu'une reine ne tire jamais le sien contre l'homme, ni contre un animal, ni contre une abeille ordinaire ; et son arme royale, qui, au lieu d'être droite comme celle des ouvrières est recourbée en forme de cimeterre, elle ne la dégaine que lorsqu'elle combat une égale, c'est-à-dire une autre reine. Aucune abeille n'osant,

16

vraisemblablement, assumer l'horreur d'un régicide direct et sanglant, dans toutes les circonstances où il importe au bon ordre et à la prospérité de la république qu'une reine périsse, elles s'efforcent de donner à sa mort l'apparence de la mort naturelle; elles subdivisent le crime à l'infini, de manière qu'il devienne anonyme. "Elles emballent" alors la souveraine étrangère, pour me servir de l'expression technique des apiculteurs, ce qui signifie qu'elles l'enveloppent tout entière de leurs corps innombrables et entrelacés. Elles forment ainsi une espèce de prison vivante où la captive ne peut plus se mouvoir, et qu'elles maintiennent autour d'elle durant vingt-quatre heures s'il le faut, jusqu'à ce qu'elle y meure de faim ou étouffée. Si la reine légitime s'approche à ce moment et que, flairant une rivale, elle paraisse disposée à l'attaquer, les parois mouvantes de la prison s'ouvriront aussitôt devant elle. Les abeilles feront cercle autour des deux ennemies, et sans y prendre part, attentives mais impartiales, elles assisteront au combat singulier, car seule une mère peut tirer l'aiguillon contre une mère, seule celle qui porte dans ses flancs près d'un million de vies, parait avoir le droit de donner d'un seul coup près d'un million de morts. Mais si le choc se prolonge sans résultat, si les deux aiguillons recourbés glissent inutilement sur les lourdes cuirasses de chitine, la reine qui fait mine de fuir, la légitime aussi bien que l'étrangère, sera saisie, arrêtée et recouverte de la prison frémissante, jusqu'à ce qu'elle manifeste l'intention de reprendre la lutte. Il convient d'ajouter que dans les nombreuses expériences qu'on a faites à ce sujet, on a vu presque invariablement la reine régnante remporter la victoire, soit que, se sentant chez elle, au milieu des siens, elle ait plus d'audace et d'ardeur que l'autre, soit que les abeilles, si elles sont impartiales au moment du combat, le soient moins dans la manière dont elles emprisonnent les deux rivales, car leur mère ne paraît guère souffrir de cet emprisonnement, au lieu que l'étrangère en sort presque toujours visiblement froissée et alanguie.

XXV

Une expérience facile montre mieux que toute autre que les abeilles reconnaissent leur reine et ont pour elle un véritable attachement. Enlevez la reine d'une ruche et vous verrez bientôt se produire tous les phénomènes d'angoisse et de détresse que j'ai décrits dans un chapitre précédent. Rendez-lui, quelques heures après, la même reine, toutes ses filles viendront à sa rencontre en lui offrant du miel. Les unes feront la haie sur son passage; les autres, se mettant la tête en bas et l'abdomen en l'air, formeront devant elle de grands demi-cercles immobiles mais sonores, où elles chantent sans doute l'hymne du bon retour et qui marquent, dirait-on, dans leurs rites royaux, le respect solennel ou le bonheur suprême. Mais n'espérez pas de les tromper en substituant à la reine légitime une mère étrangère. À peine aura-t-elle fait quelques pas dans la place, que les ouvrières indignées accourront de toutes parts. Elle sera immédiatement saisie, enveloppée et maintenue dans la terrible prison tumultueuse dont les murs obstinés se relayeront, si l'on peut dire, jusqu'à sa mort, car, dans ce cas particulier, il n'arrive presque jamais qu'elle en sorte vivante. Aussi est-ce une des grandes difficultés de l'apiculture, que l'introduction et le remplacement des reines. Il est curieux de voir à quelle diplomatie, à quelles ruses compliquées, l'homme doit avoir recours pour imposer son désir et donner le change à ces petits insectes si perspicaces, mais toujours de bonne foi, qui acceptent avec un courage touchant les évènements les plus inattendus, et n'y voient, apparemment, qu'un caprice nouveau, mais fatal de la nature. En somme, dans toute cette diplomatie et dans le désarroi désespérant qu'amènent assez souvent ces ruses hasardées, c'est toujours sur l'admirable sens pratique des abeilles que l'homme compte presque empiriquement, sur le trésor inépuisable de leurs lois et de leurs habitudes merveilleuses, sur leur amour de l'ordre, de la paix et du bien public, sur leur fidélité à l'avenir, sur la fermeté si habile et le désintéressement si sérieux de leur caractère, et surtout sur une constance à remplir leurs devoirs que rien ne parvient à lasser. Mais le détail de ces procédés appartient aux traités d'apiculture proprement dits et nous entraînerait trop loin. *(On introduit d'ordinaire la reine étrangère en l'enfermant dans une petite cage de fils de fer que l'on suspend entre deux rayons. La cage est munie d'une porte de cire et de miel que rongent les ouvrières lorsque leur colère est passée, délivrant ainsi la prisonnière, qu'elles accueillent assez souvent sans malveillance. M. S. Simiens, directeur du grand rucher de Ratingen, a trouvé récemment un autre mode d'introduction, extrêmement simple, qui réussit presque toujours et qui se généralise parmi les apiculteurs soucieux de leur art. Ce qui rend d'habitude l'introduction si difficile, c'est l'attitude de la reine. Elle s'affole, fuit, se cache, se conduit comme une intruse, éveille des soupçons que l'examen des ouvrières ne tarde pas à confirmer. M. Simmons isole d'abord complètement et fait jeûner pendant une demi-heure la reine à introduire. Il soulève ensuite un coin de la couverture intérieure de la ruche orpheline et dépose la reine étrangère au sommet de l'un des rayons. Désespérée par son isolement antérieur, elle est facilement acceptée heureuse de se retrouver parmi des abeilles et, affamée elle accepte avidement les aliments qu'on lui offre. Les ouvrières, trompées par cette assurance, ne font pas d'enquête, s'imaginent probablement que leur ancienne reine est revenue, et l'accueillent avec joie. Il semble résulter de cette expérience que, contrairement à l'opinion de Huber et de tous les observateurs, elles ne soient pas capables de reconnaître leur reine. Quoi qu'il en puisse être, les deux explications également plausibles — bien que la vérité se trouve peut-être dans une troisième qui ne nous est pas encore connue — montrent une fois de plus combien la psychologie de l'abeille est complexe et obscure. Et de ceci, comme de toutes les questions de la vie, il n'y a qu'une conclusion à tirer, c'est qu'il faut, en attendant mieux, que la curiosité règne dans notre cœur.)*

XXVI

Quant à l'affection personnelle dont nous parlions, et pour en finir avec elle, s'il est probable qu'elle existe, il est certain aussi que sa mémoire est courte, et si vous prétendez rétablir dans son royaume une mère exilée quelques jours, elle y sera reçue de telle façon par ses filles outrées qu'il faudra vous hâter de l'arracher à l'incarcération mortelle qui est le châtiment des reines inconnues. C'est qu'elles ont eu le temps de transformer en cellules royales une dizaine d'habitations d'ouvrières et que l'avenir de la race ne court plus aucun danger. Leur attachement croît ou décroît selon la manière dont la reine représente cet avenir. Ainsi on voit fréquemment, lorsqu'une reine vierge accomplit la cérémonie périlleuse du "vol nuptial", ses sujettes à tel point inquiètes de la perdre que toutes raccompagnent dans cette tragique et lointaine recherche de l'amour dont je parlerai tout à l'heure, ce qu'elles ne font jamais quand on a pris soin de leur donner un fragment de rayon contenant des cellules de jeune couvain, où elles trouvent l'espoir d'élever d'autres mères. L'attachement peut même se tourner en fureur et en haine si leur souveraine ne remplit pas tous ses devoirs envers la divinité abstraite que nous appellerions la société future et qu'elles conçoivent plus vivement que nous. Il est arrivé, par exemple, que des apiculteurs, pour diverses raisons, ont empêché la reine de se joindre à l'essaim en la retenant dans la ruche à l'aide d'un treillis au travers duquel les fines et agiles ouvrières passaient sans s'en douter, mais que la pauvre esclave de l'amour, notablement plus lourde et plus corpulente que ses filles, ne parvenait pas à franchir. A la première sortie, les abeilles, constatant qu'elle ne les avait pas suivies, revenaient à la ruche et gourmandaient, bousculaient et malmenaient très manifestement la malheureuse prisonnière, qu'elles accusaient de paresse, ou supposaient un peu faible d'esprit. A la deuxième sortie, sa mauvaise volonté paraissant évidente, la colère augmentait et les sévices devenaient plus sérieux. Enfin, à la troisième, la jugeant irrémédiablement infidèle à sa destinée et à l'avenir de la race, presque toujours elles la condamnaient et la mettaient à mort dans la prison royale.

XXVII

Comme on le voit, tout est subordonné à cet avenir avec une prévoyance, un concert, une inflexibilité, une habileté à interpréter les circonstances, à en tirer parti, qui confondent l'admiration quand on tient compte de tout l'imprévu, de tout le surnaturel que notre intervention récente répand sans cesse dans leurs demeures. On dira peut-être que, dans le dernier cas, elles interprètent bien mal l'impuissance de la reine à les suivre. Serions-nous beaucoup plus perspicaces, si une intelligence d'un ordre différent et servie par un corps si colossal que ses mouvements sont à peu près aussi insaisissables que ceux d'un phénomène naturel, s'amusait à nous tendre des pièges du même genre? N'avons-nous pas mis quelques milliers d'années à inventer une interprétation de la foudre suffisamment plausible? Toute intelligence est frappée de lenteur quand elle sort de sa sphère qui est toujours petite, et qu'elle se trouve en présence d'événements qu'elle n'a pas mis en branle. Il n'est pas certain, au surplus, si l'épreuve du treillis se généralisait et se prolongeait, que les abeilles ne finissent point par la comprendre et obvier à ses inconvénients. Elles ont déjà compris bien d'autres épreuves et en ont tiré le parti le plus ingénieux. L'épreuve des "rayons mobiles" ou celle des "sections", par exemple, où on les oblige d'emmagasiner leur miel de réserve dans de petites boîtes symétriquement empilées, ou bien encore l'épreuve extraordinaire de la "cire gaufrée", où les alvéoles ne sont esquissés que par un mince contour de

18

cire, dont elles saisissent immédiatement l'utilité et qu'elles étirent avec soin, de manière à former, sans perte de substance ni de travail, des cellules parfaites. Ne découvrent-elles pas, dans toutes les circonstances qui ne se présentent pas sous la forme d'un piège tendu par une sorte de dieu malin et narquois, la meilleure et la seule solution humaine? Pour citer une de ces circonstances naturelles, mais tout à fait anormales, qu'une limace ou une souris se glissent dans la ruche et y soient mises à mort, que feront-elles pour se débarrasser du cadavre qui bientôt empoisonnerait l'atmosphère? S'il leur est impossible de l'expulser ou de le dépecer, elles l'enferment méthodiquement et hermétiquement dans un véritable sépulcre de cire et de propolis, qui se dresse bizarrement parmi les monuments ordinaires de la cité. J'ai rencontré, l'an dernier, dans une de mes ruches, une agglomération de trois de ces tombes, séparées comme les alvéoles des rayons par des parois mitoyennes, de façon à économiser le plus de cire possible. Les prudentes ensevelisseuses les avaient élevées sur les restes de trois petits escargots qu'un enfant avait introduits dans leur phalanstère. D'habitude, quand il s'agit d'escargots, elles se contentent de recouvrir de cire l'orifice de la coquille. Mais ici, les coquilles ayant été plus ou moins brisées ou lézardées, elles avaient jugé plus simple d'ensevelir le tout ; et pour ne pas gêner le va-et-vient de l'entrée, elles avaient ménagé dans cette masse encombrante un certain nombre de galeries exactement proportionnées, non pas à leur taille, mais à celle des mâles, qui sont environ deux fois plus gros qu'elles. Ceci, et le fait suivant, ne permettent-ils pas de croire qu'elles arriveraient un jour à démêler la raison pourquoi la reine ne peut les suivre à travers le treillis ? Elles ont un sens très sûr des proportions et de l'espace nécessaire à un corps pour se mouvoir. Dans les régions où pullule le hideux sphinx tête-de-mort, l'Achérontia Atropos, elles construisent à l'entrée de leurs ruches des colonnettes de cire entre lesquelles le pilleur nocturne ne peut introduire son énorme abdomen.

XXVIII

En voilà assez sur ce point; je n'en finirais point s'il fallait épuiser tous les exemples. Pour résumer le rôle et la situation de la reine, on peut dire qu'elle est le cœur-esclave de la cité dont l'intelligence l'environne. Elle est la souveraine unique, mais aussi la servante royale, la dépositaire captive et la déléguée responsable. Son peuple la sert et la vénère, tout en n'oubliant point que ce n'est pas à sa personne qu'il se soumet, mais à la mission qu'elle remplit et aux destinées qu'elle représente. On aurait bien du mal à trouver une république humaine dont le plan embrasse une portion aussi considérable des désirs de notre planète; une démocratie où l'indépendance soit en même temps plus parfaite et plus raisonnable, et l'assujettissement plus total et mieux raisonné. Mais on n'en trouverait pas non plus où les sacrifices soient plus durs et plus absolus. N'allez pas croire que j'admire ces sacrifices autant que leurs résultats. Il serait évidemment souhaitable que ces résultats pussent s'obtenir avec moins de souffrance, moins de renoncement. Mais le principe accepté, et peut-être est-il nécessaire dans la pensée de notre globe, son organisation est admirable. Quelle que soit sur ce point la vérité humaine, dans la ruche, la vie n'est pas envisagée comme une série d'heures plus ou moins agréables dont il est sage de n'assombrir et de n'aigrir que les minutes indispensables à son maintien, mais comme un grand devoir commun et sévèrement divisé envers un avenir qui recule sans cesse depuis le commencement du monde. Chacun y renonce à plus de la moitié de son bonheur et de ses droits. La reine dit adieu à la lumière du jour, au calice des fleurs et à la liberté ; les ouvrières à l'amour, à quatre ou cinq années de vie et à la douceur d'être mères. La reine voit son cerveau réduit à rien au profit des organes de la reproduction, et les travailleuses, ces mêmes organes s'atrophier au bénéfice de leur intelligence. Il ne serait pas juste de soutenir que la volonté ne prenne aucune part à ces renoncements. Il est vrai que l'ouvrière ne peut changer sa propre destinée, mais elle dispose de celle de toutes les nymphes qui l'entourent et qui sont ses filles indirectes. Nous avons vu que chaque larve d'ouvrière, si elle était nourrie et logée selon le régime royal, pourrait devenir reine; et pareillement, chaque larve royale, si l'on changeait sa nourriture et qu'on réduisît sa cellule, serait transformée en ouvrière. Ces prodigieuses élections s'opèrent tous les jours dans l'ombre dorée de la ruche. Elles ne s'effectuent pas au hasard, mais une sagesse dont l'homme seul peut abuser la loyauté, la gravité profondes, une sagesse toujours en éveil, les fait ou les défait, en tenant compte de tout ce qui se passe hors de la cité comme de tout ce qui a lieu dans ses murs. Si des fleurs imprévues abondent tout à coup, si la colline ou les bords de la rivière resplendissent d'une moisson nouvelle, si la reine est vieille ou moins féconde, si la population s'accumule et se sent à l'étroit, vous verrez s'élever des cellules royales. Ces mêmes cellules pourront être détruites si la récolte vient à manquer ou si la ruche est agrandie. Elles seront souvent maintenues tant que la jeune reine n'aura pas accompli ou réussi son vol nuptial, pour être anéanties lorsqu'elle rentrera dans la ruche en traînant derrière elle, comme un trophée, le signé irrécusable de sa fécondation. Où est-elle, cette sagesse qui pèse ainsi le présent et l'avenir et pour laquelle ce qui n'est pas encore visible a plus de poids que tout ce que l'on voit? Où siège-t-elle, cette prudence anonyme qui renonce et choisit, qui élève et rabaisse, qui de tant d'ouvrières pourrait faire tant de reines et qui de tant de mères fait un peuple de vierges? Nous avons dit ailleurs qu'elle se trouve dans "l'Esprit de la ruche" ; mais "l'Esprit de la ruche" où le chercher enfin, sinon dans l'assemblée des ouvrières? Peut-être, pour se convaincre que c'est là qu'il réside, n'était-il pas nécessaire d'observer si attentivement les habitudes de la république royale. Il suffisait, comme l'ont fait Dujardin, Brandt, Girard, Yogel et d'autres entomologistes, de placer sous le microscope, à côté du crâne un peu vide de la reine et du chef magnifique des maies où resplendissent vingt-six mille yeux, la petite tête ingrate et soucieuse de la vierge ouvrière. Nous aurions vu que dans cette petite tête se déroulent les circonvolutions du cerveau le plus vaste et le plus ingénieux de la ruche. Il est même le plus beau, le plus compliqué, le plus délicat, le plus parfait, dans un autre ordre et avec une organisation différente, qui soit dans la nature après celui de l'homme. Ici encore, comme partout dans le régime du monde que nous connaissons, là où se trouve le cerveau, se trouve l'autorité, la force véritable, la sagesse et la victoire. Ici encore, c'est un atome presque invisible de cette substance mystérieuse qui asservit et organise la matière, et qui sait se créer une petite place triomphante et durable au milieu des puissances énormes et inertes du néant et de la mort. (*Le cerveau de l'abeille, selon les calculs de Dujardin, forme la 174ième partie du poids total de l'insecte; celui de la fourmi la 296ième. En revanche, les corps pédonculés qui paraissent se développer à proportion des triomphes que l'intelligence remporte sur l'instinct, sont un peu moins importants chez l'abeille que chez la fourmi. Ceci compensant cela, il semble résulter de ces estimations, en y respectant la part de l'hypothèse, et en tenant compte de l'obscurité de la matière, que la valeur intellectuelle de la fourmi et de l'abeille doive être à peu près égale.*)

XXIX

Maintenant, revenons à notre ruche qui essaime et où l'on n'a pas attendu la fin de ces réflexions pour donner le signal du départ. A l'instant que ce signal se donne, on dirait que toutes les portes de la ville s'ouvrent en même temps d'une poussée subite et insensée, et la foule noire s'en évade ou plutôt en jaillit, selon le nombre des ouvertures, en un double, triple ou quadruple jet direct, tendu, vibrant et ininterrompu qui fuse et s'évase aussitôt dans l'espace en un réseau sonore tissu de cent mille ailes exaspérées et transparentes. Pendant quelques minutes, le réseau flotte ainsi au-dessus du rucher dans un prodigieux murmure de soieries diaphanes que mille et mille doigts électrisés déchireraient et recoudraient sans cesse. Il ondule, il hésite, il palpite comme un voile d'allégresse que des mains invisibles soutiendraient dans le ciel où l'on dirait qu'elles le ploient et le déploient depuis les fleurs jusqu'à l'azur, en attendant une arrivée ou un départ auguste. Enfin, l'un des pans se rabat, un autre se relève, les quatre coins pleins de soleil du radieux manteau qui chante, se rejoignent, et, pareil à l'une de ces nappes intelligentes qui pour accomplir un souhait traversent l'horizon dans les contes de fées, il se dirige tout entier et déjà replié, afin de recouvrir la présence sacrée de l'avenir, vers le tilleul, le poirier ou le saule où la reine vient de se fixer comme un clou d'or auquel il accroche une à une ses ondes musicales, et autour duquel il enroule son étoffe de perles tout illuminée d'ailes. Ensuite le silence renaît; et ce vaste tumulte et ce voile redoutable qui paraissait ourdi d'innombrables menaces, d'innombrables colères, et cette assourdissante grêle d'or qui toujours en suspens retentissait sans répit sur tous les objets d'alentour, tout cela se réduit la minute d'après à une grosse grappe inoffensive et pacifique suspendue à une branche d'arbre et formée de milliers de petites baies vivantes, mais immobiles, qui attendent patiemment le retour des éclaireurs partis à la recherche d'un abri.

XXX

C'est la première étape de l'essaim qu'on appelle "l'essaim primaire", à la tête duquel se trouve toujours la vieille reine. Il se pose d'habitude sur l'arbre ou l'arbuste le plus proche du rucher, car la reine, alourdie de ses œufs et n'ayant pas revu la lumière depuis son vol nuptial ou depuis l'essaimage de l'année précédente, hésite encore à se lancer dans l'espace et parait avoir oublié l'usage de ses ailes. L'apiculteur attend que la masse se soit bien agglomérée, puis, la tête couverte d'un large chapeau de paille (car l'abeille la plus inoffensive tire inévitablement l'aiguillon lorsqu'elle s'égare dans les cheveux, où elle se croit prise au piège), mais sans masque et sans voile, s'il a de l'expérience, et après avoir plongé dans l'eau froide ses bras nus jusqu'au coude, il recueille l'essaim en secouant vigoureusement au-dessus d'une ruche renversée la branche qui le porte. La grappe y tombe lourdement comme un fruit mûr. Ou bien, si la branche est trop forte, il puise à même le tas, à l'aide d'une cuiller et répand ensuite où il veut les cuillerées vivantes, comme il ferait du blé. Il n'a pas à craindre les abeilles qui bourdonnent autour de lui et qui couvrent en foule ses mains et son visage. Il écoute leur chant d'ivresse qui ne ressemble pas à leur chant de colère. Il n'a pas à craindre que l'essaim se divise, s'irrite, se dissipe ou s'échappe. Je l'ai dit : ce jour-là, les mystérieuses ouvrières ont un esprit de fête et de confiance que rien ne saurait altérer. Elles se sont détachées des biens qu'elles avaient à défendre, et ne reconnaissent plus leurs ennemis. Elles sont inoffensives à force d'être heureuses, et elles sont heureuses sans qu'on sache pourquoi : elles accomplissent la loi. Tous les êtres ont ainsi un moment de bonheur aveugle que la nature leur ménage lorsqu'elle veut arriver à ses fins. Ne nous étonnons point que les abeilles en soient dupes ; nous-mêmes, depuis tant de siècles que nous l'observons avec l'aide d'un cerveau plus parfait que le leur, nous en sommes dupes aussi et ignorons encore si elle est bienveillante, indifférente ou bassement cruelle. L'essaim demeurera où la reine est tombée, et fût-elle tombée seule dans la ruche, sa présence signalée toutes les abeilles, en longues files noires, dirigeront leurs pas vers la retraite maternelle; et tandis que la plupart y pénètrent en hâte, une multitude d'autres, s'arrêtant un instant sur le seuil des portes inconnues, y formeront les cercles d'allégresse solennelle dont elles ont coutume de saluer les événements heureux. Elles "battent le rappel", disent les paysans. À l'instant même, l'abri inespéré est accepté et exploré dans ses moindres recoins; sa position dans le rucher, sa forme, sa couleur sont reconnus et inscrits dans des milliers de petites mémoires prudentes et fidèles. Les points de repère des alentours sont soigneusement relevés, la cité nouvelle existe déjà tout entière au fond de leurs imaginations courageuses, et sa place est marquée dans l'esprit et le cœur de tous ses habitants; on entend retentir en ses murs l'hymne d'amour de la présence royale, et le travail commence.

XXXI

Si l'homme ne le recueille point, l'histoire de l'essaim ne finit pas ici. Il reste suspendu à la branche jusqu'au retour des ouvrières qui font l'office d'éclaireurs ou de fourriers ailés et qui, dès les premières minutes de l'essaimage, se sont dispersées dans toutes les directions pour aller à la recherche d'un logis. Une à une elles reviennent et rendent compte de leur mission, et, puisqu'il nous est impossible de pénétrer la pensée des abeilles, il faut bien que nous interprétions humainement le spectacle auquel nous assistons. Il est donc probable qu'on écoute attentivement leurs rapports. L'une préconise apparemment un arbre creux, une autre vante les avantages d'une fente dans un vieux mur, d'une cavité dans une grotte ou d'un terrier abandonné. Il arrive souvent que l'assemblée hésite et délibère jusqu'au lendemain matin. Enfin le choix se fait et l'accord s'établit. À un moment donné, toute la grappe s'agite, fourmille, se désagrège, s'éparpille et, d'un vol impétueux et soutenu qui cette fois ne connaît plus d'obstacle, par-dessus les haies, les champs de blé, les champs de lin, les meules, les étangs, les villages et les fleuves, le nuage vibrant se dirige en droite ligne vers un but déterminé et toujours très lointain. Il est rare que l'homme le puisse suivre dans cette seconde étape. Il retourne à la nature, et nous perdons la trace de sa destinée.

LIVRE III   LA FONDATION DE LA CITE

I

Voyons plutôt ce que fait dans la ruche offerte par l'apiculteur l'essaim qu'il y a recueilli. Et d'abord rappelons-nous le sacrifice qu'ont accompli les cinquante mille vierges qui selon, le mot de Ronsard *:"Portent un gentil cœur dedans un petit corps"* et admirons encore le courage qu'il leur faut pour recommencer la vie dans le désert où les voilà tombées. Elles ont donc oublié la cité opulente et magnifique où elles sont nées, où l'existence était si sûre, si admirablement organisée, où le suc de toutes les fleurs qui se souviennent du soleil permettait de sourire aux menaces de l'hiver. Elles y ont laissé, endormies au fond de leurs berceaux, des milliers et des milliers de filles qu'elles ne reverront pas. Elles y ont abandonné, outre l'énorme trésor de cire,

21

de propolis el de pollen accumulé par elles, plus de cent vingt livres de miel, c'est-à-dire douze fois le poids du peuple entier, près de six cent mille fois le poids de chaque abeille, ce qui représenterait pour l'homme quarante-deux mille tonnes de vivres, toute une flottille de gros navires chargés d'aliments plus précieux et plus parfaits qu'aucun de ceux que nous connaissions, car le miel est aux abeilles une sorte de vie liquide, une espèce de chyle immédiatement assimilable et presque sans déchet. Ici, dans la demeure nouvelle, il n'y a rien, pas une goutte de miel, pas un jalon de cire, pas un point de repère et pas un point d'appui. C'est la nudité désolée d'un monument immense qui n'aurait que le toit et les murs. Les parois, circulaires et lisses, ne renferment que l'ombre, et là-haut la voûte monstrueuse s'arrondit sur le vide. Mais l'abeille ne connaît pas les regels inutiles; en tout cas elle ne s'y arrête point. Son ardeur, loin d'être abattue par une épreuve qui surpasserait tout autre courage, est plus grande que jamais. À peine la ruche est-elle redressée et mise en place, à peine le désarroi de la chaine tumultueuse commence-t-il à s'apaiser, qu'on voit s'opérer dans la multitude emmêlée une division très nette et tout à fait inattendue. La plus grande partie des abeilles, comme une armée qui obéirait à un ordre précis, se met à grimper en colonnes épaisses le long des parois verticales du monument. Arrivées dans la coupole, les premières qui l'atteignent s'y cramponnent par les ongles de leurs pattes antérieures ; celles qui viennent après s'accrochent aux premières et ainsi de suite, jusqu'à ce que soient formées de longues chaînes qui servent de pont à la foule qui s'élève toujours. Peu à peu, ces chaînes se multipliant, se renforçant et s'enlaçant à l'infini, deviennent des guirlandes qui, sous l'ascension innombrable.et ininterrompue, se transforment à leur tour en un rideau épais et triangulaire, ou plutôt en une sorte de cône compact et renversé dont la pointe s'attache au sommet de la coupole et dont la base descend en s'évasant jusque la moitié ou les deux tiers de la hauteur totale de la ruche. Alors, la dernière abeille qui se sent appelée par une voix intérieure à faire partie de ce groupe, ayant rejoint le rideau suspendu dans les ténèbres, l'ascension prend fin, tout mouvement s'éteint peu à peu dans le dôme, et l'étrange cône renversé attend durant de longues heures, dans un silence qu'on pourrait croire religieux et dans une immobilité qui parait effrayante, l'arrivée du mystère de la cire. Pendant ce temps, sans se préoccuper de la formation du merveilleux rideau aux plis duquel un don magique va descendre, sans paraître tenté de s'y joindre, le reste des abeilles, c'est-à-dire toutes celles qui sont demeurées dans le bas de la ruche, examine l'édifice et entreprend les travaux nécessaires. Le sol est soigneusement balayé, et les feuilles mortes, les brindilles, les grains de sable sont portés au loin, un à un, une à une, car la propreté des abeilles va jusqu'à la manie. Lorsqu'au cœur de l'hiver les grands froids les empêchent trop longtemps d'effectuer ce qu'on appelle en apiculture leur "vol de propreté", plutôt que de souiller la ruche elles périssent en masse, victimes d'affreuses maladies d'entrailles. Seuls, les mâles sont incorrigiblement insoucieux, et couvrent impudemment d'ordures les rayons qu'ils fréquentent que les ouvrières sont obligées de nettoyer sans cesse derrière eux. Après le balayage, les abeilles du même groupe profane, du groupe qui ne se mêle pas au cône suspendu dans une sorte d'extase, se mettent à luter minutieusement le pourtour inférieur de la demeure commune. Ensuite, toutes les lézardes sont passées en revue, remplies et recouvertes de propolis, et l'on commence, du haut en bas de l'édifice, le vernissage des parois. La garde de l'entrée est réorganisée, et bientôt un certain nombre d'ouvrières vont aux champs et en reviennent chargées de nectar et de pollen.

II

Avant de soulever les plis du rideau mystérieux à l'abri duquel se posent les fondements de la véritable demeure, essayons de nous rendre compte de l'intelligence que devra déployer notre petit peuple d'émigrées, de la justesse du coup d'œil, des calculs et de l'industrie nécessaires pour approprier l'asile, pour tracer dans le vide les plans de la cité, y marquer logiquement la place des édifices qu'il s'agit d'élever le plus économiquement et le plus rapidement possible, car la reine, pressée de pondre, répand déjà ses œufs sur le sol. Il faut, en outre, dans ce dédale de constructions diverses, encore imaginaires et dont la forme est forcément inusitée, ne pas perdre de vue les lois de la ventilation, de la stabilité, de la solidité, considérer la résistance de la cire, la nature des vivres à emmagasiner, l'aisance des accès, les habitudes de la souveraine, la distribution en quelque sorte préétablie, parce qu'elle est organiquement la meilleure, des entrepôts, des maisons, des rues et des passages, et bien d'autres problèmes qu'il serait trop long d'énumérer. Or, la forme des ruches que l'homme offre aux abeilles varie à l'infini, depuis l'arbre creux ou le manchon de poterie encore en usage en Afrique et en Asie, en passant par la classique cloche de paille que l'on trouve au milieu d'une touffe de tournesols, de phlox et de passeroses, sous les fenêtres ou dans le potager de la plupart de nos fermes, jusqu'aux véritables usines de l'apiculture mobiliste d'aujourd'hui, où s'accumulent parfois plus de cent cinquante kilogrammes de miel contenus en trois ou quatre étages de rayons superposés et entourés d'un cadre qui permet de les enlever, de les manier, d'en extraire la récolte par la force centrifuge à l'aide d'une turbine, et de les remettre à leur place, comme on ferait d'un livre dans une bibliothèque bien rangée. Le caprice ou l'industrie de l'homme introduit un beau jour l'essaim docile dans l'une ou l'autre de ces habitations déroutantes. A la petite mouche de s'y retrouver, de s'orienter, de modifier des plans que la force des choses veut pour ainsi dire immuables, de déterminer dans cet espace insolite la position des magasins d'hiver qui ne peuvent dépasser la zone de chaleur dégagée par la peuplade à demi engourdie; à elle enfin de prévoir le point où se concentreront les rayons du couvain, dont l'emplacement, sous peine de désastre, doit être à peu près invariable, ni trop haut, ni trop bas, ni trop près, ni trop loin de la porte. Elle sort, par exemple, du tronc d'un arbre renversé qui ne formait qu'une longue galerie horizontale, étroite et écrasée, et la voilà dans un édifice élevé comme une tour et dont le toit se perd dans les ténèbres. Ou bien, pour nous rapprocher davantage de son étonnement ordinaire, elle s'était accoutumée depuis des siècles à vivre sous le dôme de paille de nos ruches villageoises, et voici qu'on l'installe dans une espèce de grande armoire, ou de grand coffre, trois ou quatre fois plus vaste que sa maison natale, et au milieu d'un enchevêtrement de cadres suspendus les uns au-dessus des autres, tantôt parallèles, tantôt perpendiculaires à l'entrée, et formant un réseau d'échafaudage qui brouillent toutes les surfaces de sa demeure.

III

N'importe, on n'a pas d'exemple qu'un essaim ait refusé de se mettre à la besogne, se soit laissé décourager ou déconcerter par la bizarrerie des circonstances, pourvu que l'habitation qu'on lui offrait ne fût pas imprégnée de mauvaises odeurs, ou réellement inhabitable. Même dans ce cas il n'est pas question de découragement, d'affolement ou de renonciation au devoir. Il abandonne simplement la retraite inhospitalière pour aller chercher meilleure fortune un peu plus loin. On ne peut dire, non plus, que l'on soit jamais parvenu à lui faire exécuter un travail puéril ou illogique. On n'a jamais constaté que les abeilles aient perdu la tête, ni que, ne sachant à quel parti s'arrêter, elles aient entrepris au hasard, des constructions hagardes et hétéroclites. Versez-les dans une sphère, dans un cube, dans une pyramide, dans un panier ovale ou polygonal, dans un cylindre ou dans une spirale, visitez-les quelques jours après, si elles ont accepté la demeure, et vous verrez que cette étrange multitude de petites intelligences indépendantes a su se mettre immédiatement d'accord pour choisir sans hésiter, avec une méthode dont les principes paraissent inflexibles, mais dont les conséquences sont vivantes, le point le plus propice et souvent le seul endroit utilisable de l'habitacle absurde. Quand on les installe dans l'une de ces grandes usines à cadres dont nous parlions tantôt, elles ne tiennent compte de ces cadres qu'autant qu'ils leur fournissent un point de départ ou des points d'appui commodes pour leurs rayons, et il est bien naturel qu'elles ne se soucient ni des désirs, ni des intentions de l'homme. Mais si l'apiculteur a eu soin de garnir d'une étroite bande de cire la planchette supérieure de quelques-uns d'entre eux, elles saisiront tout de suite les avantages que leur offre ce travail amorcé, elles étireront soigneusement la bandelette, et, y soudant leur propre cire, prolongeront méthodiquement le rayon dans le plan indiqué. De même, — et le cas est fréquent dans l'apiculture intensive d'aujourd'hui, — si tous les cadres de la ruche où l'on a recueilli l'essaim, sont garnis du haut en bas de feuilles de cire gaufrée, elles ne perdront pas leur temps à construire à côté ou en travers, à produire de la cire inutile, mais, trouvant la besogne à moitié faite, elles se contenteront d'approfondir et d'allonger chacun des alvéoles esquissés dans la feuille, en rectifiant à mesure les endroits où celle-ci s'écarte de la verticale la plus rigoureuse, et, de cette façon elles posséderont en moins d'une semaine une cité aussi luxueuse et aussi bien bâtie que celle qu'elles viennent de quitter, alors que livrées à leurs seules ressources il leur aurait fallu deux ou trois mois pour édifier la même profusion de magasins et de maisons de cire blanche.

IV

Il semble bien que cet esprit d'appropriation excède singulièrement les bornes de l'instinct. Au reste, rien n'est plus arbitraire que ces distinctions entre l'instinct et l'intelligence proprement dite. Sir John Lubbock, qui a fait sur les fourmis, les guêpes et les abeilles des observations si personnelles et si curieuses,

23

est très porté, peut-être par une prédilection inconsciente et un peu injuste pour les fourmis, qu'il a plus spécialement observées, — car chaque observateur veut que l'insecte qu'il étudie soit plus intelligent ou plus remarquable que les autres, et il est bon de se garder de ce petit travers de l'amour-propre, — sir John Lubbock, dis-je, est très porté à refuser à l'abeille tout discernement et toute faculté raisonnante dès qu'elle sort de la routine de ses travaux habituels. Il en donne pour preuve une expérience que chacun peut facilement répéter. Introduisez dans une carafe une demi-douzaine de mouches et une demi-douzaine d'abeilles, puis, la carafe horizontalement couchée, tournez-en le fond vers la fenêtre de l'appartement. Les abeilles s'acharneront, durant des heures, jusqu'à ce qu'elles meurent de fatigue ou d'inanition, à chercher une issue à travers le fond de cristal, tandis que les mouches, en moins de deux minutes, seront toutes sorties du côté opposé par le goulot. Sir John Lubbock en   conclut que l'intelligence de l'abeille est extrêmement limitée et que la mouche est bien plus habile à se tirer d'affaire et à retrouver son chemin. Cette conclusion ne parait pas irréprochable. Tournez alternativement vers la clarté, vingt fois de suite si vous voulez, tantôt le fond, tantôt le goulot de la sphère transparente, et vingt fois de suite les abeilles se retourneront en même temps pour faire face au jour. Ce qui les perd dans l'expérience du savant anglais, c'est leur amour de la lumière, et c'est leur raison même. Elles s'imaginent évidemment que, dans toute prison, la délivrance est du côté de la clarté la plus vive, elles agissent en conséquence et s'obstinent à agir trop logiquement. Elles n'ont jamais eu connaissance de ce mystère surnaturel qu'est pour elles le verre, cette atmosphère subitement impénétrable, qui n'existe pas dans la nature, et l'obstacle et le mystère doivent leur être d'autant plus inadmissibles, d'autant plus incompréhensibles qu'elles sont plus intelligentes. Au lieu que les mouches écervelées, sans se soucier de la logique, de l'appel de la lumière, de l'énigme du cristal, tourbillonnent au hasard dans le globe et, rencontrant ici la bonne fortune des simples, qui parfois se sauvent là où périssent les plus sages, finissent nécessairement par trouver sur leur passage le bon goulot qui les délivre.

V

Le même naturaliste donne une autre preuve de leur manque d'intelligence, et la trouve dans la page que voici du grand apiculteur américain le vénérable et paternel Langstroth. "Comme la mouche, dit Langstroth, n'a pas été appelée à vivre sur les fleurs mais sur des substances dans lesquelles elle pourrait aisément se noyer, elle se pose avec précaution sur le bord des vases qui contiennent une nourriture liquide et y puise prudemment, tandis que la pauvre abeille s'y jette tête baissée et y périt bientôt. Le funeste destin de leurs sœurs n'arrête pas un instant, les autres quand elles s'approchent à leur tour de l'amorce, car elles se posent comme des folles sur les cadavres et sur les mourantes, pour partager leur triste sort. Personne ne peut s'imaginer l'étendue de leur folie s'il n'a vu la boutique d'un confiseur assaillie par des myriades d'abeilles faméliques. J'en ai vu des milliers retirées des sirops où elles s'étaient noyées, des milliers se poser sur le sucre en ébullition, le sol couvert et les fenêtres obscurcies par les abeilles, les unes se traînant, les autres volant, d'autres enfin si complètement engluées qu'elles ne pouvaient ni ramper ni voler; pas une sur dix n'était capable de rapporter à la maison le butin mal acquis, et cependant l'air était rempli de légions nouvelles d'arrivantes aussi insensées." Ceci n'est pas plus décisif que ne serait pour un observateur surhumain qui voudrait fixer les limites de notre intelligence, la vue des ravages de l'alcoolisme, ou d'un champ de bataille. Moins, peut-être. La situation de l'abeille, si on la compare à la nôtre, est étrange en ce monde. Elle y a été mise pour y vivre dans la nature indifférente et inconsciente, et non pas à côté d'un être extraordinaire qui bouleverse autour d'elle les lois les plus constantes et crée des phénomènes grandioses et incompréhensibles. Dans l'ordre naturel, dans l'existence monotone de la forêt natale, l'affolement décrit par Langstroth ne serait possible que si quelque accident brisait une ruche pleine de miel. Mais alors il n'y aurait là ni fenêtres mortelles, ni sucre bouillant, ni sirop trop épais, par conséquent guère de morts et pas d'autres dangers que ceux que court tout animal en poursuivant sa proie. Garderions-nous mieux qu'elles notre sang-froid si une puissance insolite tentait à chaque pas notre raison? Il nous est donc bien difficile de juger les abeilles que nous-mêmes rendons folles et dont l'intelligence n'a pas été armée pour percer nos embûches, de même que la nôtre ne semble pas armée pour déjouer celles d'un être supérieur aujourd'hui inconnu mais néanmoins possible. Ne connaissant rien qui nous domine, nous en concluons que nous occupons le sommet de la vie sur notre terre ; mais, après tout, cela n'est pas indiscutable. Je ne demande pas à croire que lorsque nous faisons des choses désordonnées ou misérables, nous tombons dans les pièges d'un génie supérieur, mais il n'est pas invraisemblable que cela paraisse vrai quelque jour. D'autre part, on ne peut raisonnablement soutenir que les abeilles soient dénuées d'intelligence parce qu'elles ne sont pas encore parvenues à nous distinguer du grand singe ou des ours, et nous traitent comme elles traiteraient ces hôtes ingénus de la forêt primitive. Il est certain qu'il y a en nous et autour de nous des influences et des puissances aussi dissemblables, que nous ne discernons pas davantage Enfin, pour terminer cette apologie ou je tombe un peu dans le travers que je reprochais à sir John Lubbock, ne faut-il pas être intelligent, pour être capable d'aussi grandes folies? Il en va toujours ainsi dans ce domaine incertain de l'intelligence, qui est l'état le plus précaire et le plus vacillant de la matière. Dans la même clarté que l'intelligence, il y a la passion, dont on ne saurait dire au juste si elle est la fumée ou la mèche de la flamme. Et ici la passion des abeilles est assez noble pour excuser les vacillements de l'intelligence. Ce qui les pousse à cette imprudence, ce n'est pas l'ardeur animale à se gorger de miel. Elles le pourraient faire à loisir dans les celliers de leur demeure. Observez-les, suivez-les dans une circonstance analogue, vous les verrez, sitôt leur jabot plein, retourner à la ruche, y verser leur butin, pour rejoindre et quitter trente fois en une heure les vendanges merveilleuses. C'est donc le même désir qui accomplit tant d'œuvres admirables : le zèle à rapporter le plus de biens qu'elles peuvent à la maison de leurs sœurs et de l'avenir. Quand les folies des hommes ont une cause aussi désintéressée, nous leur donnons souvent un autre nom.

VI

Pourtant, il faut dire toute la vérité. Au milieu des prodiges de leur industrie, de leur police et de leurs renoncements, une chose nous surprendra toujours et interrompra notre admiration : c'est leur indifférence à la mort et au malheur de leurs compagnes. Il y a dans le caractère de l'abeille un dédoublement bien étrange. Au sein de la ruche, toutes s'aiment et s'entraident. Elles sont aussi unies que les bonnes pensées d'une même âme. Si vous en blessez une, mille se sacrifieront pour venger son injure. Hors de la ruche elles ne se connaissent plus. Mutilez, écrasez, — ou plutôt gardez-vous d'en rien faire, ce serait une cruauté inutile, car le fait est constant, — mais enfin supposons que vous mutiliez, que vous écrasiez sur un rayon posé à quelques pas de leur demeure, dix, vingt ou trente abeilles sorties de la même ruche, celles que vous n'aurez pas touchées ne tourneront pas la tête et continueront de puiser au moyen de leur langue, fantastique comme une arme chinoise, le liquide qui leur est plus précieux que la vie, inattentives aux agonies dont les derniers gestes les frôlent et aux cris de détresse que l'on pousse autour d'elles. Et quand le rayon sera vide, pour que rien ne se perde, pour recueillir le miel qui s'attache aux victimes, elles monteront tranquillement sur les mortes et sur les blessées, sans s'émouvoir de la présence des unes et sans songer à secourir les autres. Elles n'ont donc, dans ce cas, ni la notion du danger qu'elles courent, puisque la mort qui se répand autour d'elles ne les trouble point, ni le moindre sentiment de solidarité ou de pitié. Pour le danger, cela s'explique, l'abeille ne connaît pas la crainte, et rien au monde ne l'épouvante, excepté la fumée. Au sortir de la ruche elle aspire on même temps que l'azur, la longanimité et de condescendance. Elle s'écarte devant qui la dérange, elle affecte d'ignorer l'existence de qui ne la serre pas de trop près. On dirait qu'elle se sait dans un univers qui appartient à tous, où chacun a droit à sa place, où il convient d'être discret et pacifique. Mais sous cette indulgence se cache paisiblement un cœur si sûr de soi qu'il ne songe pas à s'affirmer. Elle fait un détour si quelqu'un la menace, mais elle ne fuit jamais. D'autre part, dans la ruche, elle ne se borne pas à cette passive ignorance du péril. Elle fond avec une impétuosité inouïe sur tout être vivant : fourmi, lion ou homme qui ose effleurer l'arche sainte. Appelons cela, selon notre disposition d'esprit, colère, acharnement stupide ou héroïsme. Mais sur son manque de solidarité hors de la ruche et même de sympathie dans la ruche, il n'y a rien à dire. Faut-il croire qu'il y ait de ces limites imprévues dans toute espèce d'intelligence et que la petite flamme qui émane à grand-peine d'un cerveau, à travers la combustion difficile de tant de matières inertes, soit toujours si incertaine qu'elle n'éclaire mieux un point qu'au détriment de beaucoup d'autres? On peut estimer que l'abeille, ou que la nature dans l'abeille a organisé d'une manière plus parfaite que nulle autre part, le travail en commun, le culte et l'amour de l'avenir. Est-ce pour cette raison qu'elles perdent de vue tout le reste? Elles aiment en avant d'elles et nous aimons surtout autour de nous. Peut-être suffit-il d'aimer ici pour n'avoir plus d'amour à dépenser là-bas. Rien n'est plus variable que la direction de la charité ou de la pitié. Nous-mêmes, autrefois, nous aurions été moins choqués qu'aujourd'hui de cette insensibilité des abeilles, et bien des anciens n'eussent guère songé à la leur reprocher. D'ailleurs, pouvons-nous prévoir tous les étonnements d'un être qui nous observerait comme nous les observons?

VII

Il resterait à examiner, pour nous faire une idée plus nette de leur intelligence, de quelle façon elles communiquent entre elles. Il est manifeste qu'elles s'entendent, et qu'une république si nombreuse et dont les travaux sont si variés et si merveilleusement concertés, ne saurait subsister dans le silence et l'isolement spirituel de tant de milliers d'êtres. Elles doivent donc avoir la faculté d'exprimer leurs pensées ou leur sentiments, soit au moyen d'un vocabulaire phonétique, soit plus probablement à l'aide d'une sorte de langage tactile ou d'une intuition magnétique, qui répond peut-être à des sens ou à des propriétés de la matière qui nous sont totalement inconnus, intuition dont le siège pourrait se trouver dans ces mystérieuses antennes qui palpent et comprennent les ténèbres et qui, d'après les calculs de Chesshire, sont formés chez les ouvrières de douze mille poils tactiles et de cinq mille cavités olfactives. Ce qui prouve qu'elles ne s'entendent pas seulement sur leurs travaux habituels, mais que l'extraordinaire a également un nom et une place dans leur langue, c'est la manière dont une nouvelle, bonne ou fâcheuse, coutumière ou surnaturelle, se répand dans la ruche ; la perte ou le retour de la mère, la chute d'un rayon, l'entrée d'un ennemi, l'intrusion d'une reine étrangère, l'approche d'une troupe de pillardes, la découverte d'un trésor, etc. À chacun de ces événements, l'attitude et le murmure des abeilles sont si différents, si caractéristiques, que l'apiculteur expérimenté devine assez aisément ce qui se passe dans l'ombre en émoi de la foule. Si vous voulez une preuve plus précise, observez une abeille qui vient de trouver quelques gouttes de miel répandues sur le seuil de votre fenêtre ou sur un coin de votre table. D'abord elle s'en gorgera si avidement que vous pourrez tout à loisir et sans crainte de la distraire, lui marquer le corselet d'une petite tache de peinture. Mais cette gloutonnerie n'est qu'apparente. Ce miel ne passe pas dans l'estomac proprement dit, dans ce qu'il faudrait appeler son estomac personnel ; il reste dans le jabot, le premier estomac, qui est, si l'on peut ainsi parler, l'estomac de la communauté. Sitôt que ce réservoir est rempli, l'abeille s'éloignera, mais non pas directement et étourdiment comme ferait un papillon ou une mouche. Au contraire, vous la verrez voler quelques instants à reculons, en un va-et-vient attentif, dans l'embrasure de la fenêtre ou autour de votre table, la face tournée vers l'appartement. Elle reconnaît les lieux et fixe en sa mémoire la position exacte du trésor. Ensuite elle se rend à la ruche, y dégorge son butin dans l'une des cellules du grenier, pour revenir trois ou quatre minutes après, reprendre une nouvelle charge sur le seuil de la fenêtre providentielle. De cinq en cinq minutes, tant qu'il y aura du miel, jusqu'au soir s'il le faut, sans s'interrompre, sans prendre de repos, elle fera ainsi des voyages réguliers de la fenêtre à la ruche et de la ruche à la fenêtre.

VIII

Je ne veux pas orner la vérité, comme beaucoup l'ont fait, qui ont écrit sur les abeilles. Des observations de ce genre n'offrent quelque intérêt que si elles sont absolument sincères. J'aurais reconnu que les abeilles sont incapables de se faire part d'un événement extérieur, que j'aurais pu trouver, ce me semble, en regard de la petite déception éprouvée, quelque plaisir à constater une fois de plus que l'homme est, après tout, le seul être réellement intelligent qui habite notre globe. Et puis, arrivé à un certain point de la vie, on ressent plus de joie à dire des choses vraies que des choses frappantes. Il convient ici comme en toute circonstance, de se tenir à ce principe : que si la vérité toute nue paraît sur le moment moins grande, moins noble ou moins intéressante que l'ornement imaginaire qu'on lui pourrait donner, la faute en est à nous qui ne savons pas encore distinguer le rapport toujours étonnant qu'elle doit avoir à notre être encore ignoré et aux lois de l'univers, et dans ce cas, ce n'est pas la vérité qui a besoin d'être agrandie et ennoblie, mais notre intelligence. J'avouerai donc que souvent les abeilles marquées reviennent seules. Il faut croire qu'il y a chez elles les mêmes différences de caractère que chez les hommes, qu'on en trouve qui sont silencieuses et d'autres bavardes. Quelqu'un qui assistait à mes expériences, soutenait que c'était évidemment par égoïsme ou par vanité que beaucoup n'aiment pas à révéler la source de leur richesse ou à partager avec une de leurs amies la gloire d'un travail, que la ruche doit trouver miraculeux. Voilà de bien vilains vices qui n'exhalent pas la bonne odeur, loyale et fraîche, de la maison des mille sœurs. Quoi qu'il en soit, il arrive souvent aussi que l'abeille favorisée par le sort revient au miel accompagnée de deux ou trois collaboratrices. Je sais que sir John Lubbock dans l'appendice de son

26

ouvrage, *Ants, Bees and Wasps,* dresse de longs et minutieux tableaux d'observations, d'où l'on peut conclure que presque jamais une autre abeille ne suit l'indicatrice. J'ignore à quelle espèce d'abeilles avait affaire le savant naturaliste, ou si les circonstances étaient particulièrement défavorables. Pour moi, en consultant mes propres tables, faites avec soin, et après avoir pris toutes les précautions possibles pour que les abeilles ne fussent pas directement attirées par l'odeur du miel, j'y vois qu'en moyenne quatre fois, sur dix une abeille en amenait d'autres. J'ai même rencontré un jour une extraordinaire petite abeille italienne, dont j'avais marqué le corselet d'une tache de couleur bleue. Dès son second voyage elle arriva avec deux de ses sœurs. J'emprisonnai celles-ci sans la troubler. Elle repartit, puis reparut avec trois associées que j'emprisonnai encore, et ainsi de suite jusqu'à la fin de l'après-midi, où, comptant mes captives, je constatai qu'elle avait communiqué la nouvelle à dix-huit abeilles. Au résumé, si vous faites les mêmes expériences, vous reconnaîtrez que la communication, si elle n'est pas régulière, est à tout le moins fréquente. Cette faculté est tellement connue des chasseurs d'abeilles en Amérique, qu'ils l'exploitent quand il s'agit de découvrir un nid. "Ils choisissent, dit M. Josiah Emery (cité par Romanes dans *"l'intelligence des animaux"* ils choisissent, pour commencer leurs opérations, un champ ou un bois loin de toute colonie d'abeilles apprivoisées Arrivés sur le terrain, ils avisent quelques abeilles qui sont à butiner sur les fleurs, les attrapent et les enferment dans une boîte à miel, puis, lorsqu'elles se sont repues, ils les lâchent. Vient alors un moment d'attente dont la longueur dépend de la distance à laquelle se trouve l'arbre aux abeilles ; enfin, avec de la patience, le chasseur finit toujours par apercevoir ses abeilles qui s'en reviennent escortées de plusieurs compagnes. Il s'en empare comme avant, leur fournit un régal et les lâche chacune en un point différent, en ayant soin d'observer la direction qu'elles prennent ; le point vers lequel elles paraissent converger lui désigne approximativement la position du nid."

IX

Vous observerez aussi dans vos expériences, que les amies, qui paraissent obéir au mot d'ordre de la bonne fortune, ne volent pas toujours de conserve et qu'il y a souvent un intervalle de plusieurs secondes entre les diverses arrivées. Il faudrait donc, au sujet de ces communications, se poser la question que sir John Lubbock a résolue pour celles des fourmis. Les compagnes qui viennent au trésor découvert par la première abeille, ne font-elles que la suivre ou bien y peuvent-elles être envoyées par celle-ci et le trouver par elles-mêmes en suivant ses indications et la description des lieux qu'elle aurait faite? Il y a là, on le conçoit, au point de vue de l'étendue et du travail de l'intelligence, une différence énorme. Le savant anglais, à l'aide d'un appareil compliqué et ingénieux, de passerelles, de couloirs, de fossés pleins d'eau et de ponts volants, est parvenu à établir que dans ces cas, les fourmis suivaient simplement la piste de l'insecte indicateur. Ces expériences étaient praticables avec les fourmis que l'on peut obliger de passer par où l'on veut, mais à l'abeille, qui a des ailes, toutes les voies sont ouvertes. Il faudrait donc imaginer quelque autre expédient. En voici un dont j'ai usé, qui ne m'a pas donné de résultats décisifs, mais qui, mieux organisé et dans des circonstances plus favorables, entraînerait, je pense, des certitudes satisfaisantes. Mon cabinet de travail à la campagne, se trouve au premier étage, au-dessus d'un rez-de-chaussée assez élevé. Hors le temps que fleurissent les tilleuls et les châtaigniers, les abeilles ont si peu coutume de voler à cette hauteur, que durant plus d'une semaine avant l'observation, j'avais laissé sur la table un rayon de miel désoperculé (c'est-à-dire dont les cellules étaient ouvertes), sans qu'une seule fût attirée par son parfum et le vint visiter. Je pris alors dans une ruche vitrée, placée non loin de la maison, une abeille italienne. Je l'emportai dans mon cabinet, la mise sur le rayon de miel et la marquai tandis qu'elle se régalait. Repue, elle prit son vol, retourna à la ruche, et, l'ayant suivie, je l'y vis se hâter à la surface de la foule, plonger la tête dans une cellule vide, dégorger son miel et se disposer à sortir. Je la guettai et m'en saisis lorsqu'elle reparut sur le seuil. Je répétai vingt fois de suite l'expérience, prenant des sujets différents et supprimant à chaque fois l'abeille "amorcée", afin que les autres ne pussent la suivre à la piste. Pour le faire plus commodément j'avais placé à la porte de la ruche une boîte vitrée divisée, par une trappe, en deux compartiments. Si l'abeille marquée sortait seule, je l'emprisonnais simplement, comme j'avais fait de la première, et j'allais attendre dans mon cabinet l'arrivée des butineuses auxquelles elle aurait pu communiquer la nouvelle. Si elle sortait accompagnée d'une ou deux abeilles, je la retenais prisonnière dans le premier compartiment de la boîte, la séparant ainsi de ses amies, et après avoir marqué celles-ci d'une autre couleur, je leur donnais la liberté* en les suivant des yeux. Il est évident que si une communication verbale ou magnétique eût été faite, comprenant une description des lieux, une méthode d'orientation, etc., j'aurais dû retrouver dans mon cabinet un certain nombre de ces abeilles ainsi renseignées. Je dois reconnaître que je n'en vis venir qu'une. Suivit-elle les indications reçues dans la ruche, était-ce pur hasard? L'observation était insuffisante, mais les circonstances ne me permirent pas de la continuer. Je délivrai les abeilles "amorcées", et bientôt mon cabinet de travail fut envahi par la foule bourdonnante à laquelle elles avaient enseigné, selon leur méthode habituelle, le chemin du trésor. *(J'ai recommencé l'expérience aux premiers soleils de ce printemps ingrat. Elle m'a donné le même résultat négatif. D'autre part, un apiculteur de mes amis, observateur très habile et très sincère, à qui j'avais soumis le problème, m'écrit qu'il vient d'obtenir, en usant du même procédé, quatre communications irrécusables. Le fait demande à être vérifié et la question n'est pas résolue. Mais je suis convaincu que mon ami s'est laissé induire en erreur par son désir, très naturel, de voir réussir l'expérience.)*

X

Sans rien conclure de cette expérience incomplète, bien d'autres traits curieux nous obligent d'admettre qu'elles ont entre elles des rapports spirituels qui dépassent la portée d'un "oui" ou d'un "non "ou de ces relations élémentaires qu'un geste ou l'exemple déterminent. On pourrait citer, entre autres, la mouvante harmonie du travail dans la ruche, la surprenante division de la besogne, le roulement régulier qu'on y trouve. Par exemple, j'ai souvent constaté que les butineuses que j'avais marquées le matin, s'occupaient l'après-midi, — à moins que les fleurs ne fussent très abondantes, — à réchauffer ou à éventer le couvain, ou bien je les découvrais parmi la foule qui forme ces mystérieuses chaînes endormies au milieu desquelles travaillent les cirières et les sculpteuses. J'ai observé aussi que les ouvrières que je voyais recueillir le pollen durant un jour ou deux, n'en rapportaient point le lendemain et sortaient à la recherche exclusive du nectar, et réciproquement. On pourrait citer encore, au point de vue de la division du travail, ce que le célèbre apiculteur français Georges de Layens *appelle la répartition des abeilles sur les plantes mellifères.* Chaque jour, dès la première heure de soleil, dès la rentrée des exploratrices de l'aurore, la ruche qui s'éveille apprend les bonnes nouvelles de la terre ; "Aujourd'hui fleurissent les tilleuls qui bordent le canal», — "le trèfle blanc éclaire l'herbe des routes", — "le mélilot et la sauge des prés vont s'ouvrir", — "les lys, les résédas ruissellent de pollen". Vite, il faut s'organiser, prendre des mesures, répartir la besogne. Cinq mille des plus robustes iront jusqu'aux tilleuls, trois mille des plus jeunes animeront le trèfle blanc. Celles-ci aspiraient hier le nectar des corolles, aujourd'hui, pour reposer leur langue et les glandes de leur jabot, elles iront recueillir le pollen rouge du réséda, celles-là le pollen jaune des grands lys, car vous ne verrez jamais une abeille récolter ou mêler des pollens de couleur ou d'espèce différentes; et l'assortiment méthodique dans les greniers, suivant les nuances et l'origine, de la belle farine parfumée est une des grandes préoccupations de la ruche. Ainsi sont distribués les ordres par le génie caché. Aussitôt, les travailleuses sortent en longues files et chacune d'elles vole droit à sa tâche. " Il semble, dit de Layens, que les abeilles soient parfaitement renseignées sur la localité, la valeur mellifère relative et la distance de toutes les plantes qui sont dans un certain rayon autour de la ruche". "Si on note avec soin les diverses directions que prennent les butineuses et si l'on va observer en détail la récolte des abeilles sur les diverses plantes d'alentour, on constate que les ouvrières se distribuent sur les fleurs proportionnellement à la fois au nombre des plantes d'une même espèce et à leur richesse mellifère. Il y a plus : elles estiment chaque jour la valeur du meilleur liquide sucré qu'elles peuvent récolter". Si par exemple, au printemps, après la floraison des saules, au moment où rien n'est encore fleuri dans les champs, les abeilles n'ont guère pour ressource que les premières fleurs des bois, on peut les voir visiter activement les anémones, les pulmonaires, les ajoncs et les violettes. Quelques jours plus tard, des champs de chou ou de colza viennent-ils à fleurir en assez grand nombre, on verra les abeilles abandonner presque complètement la visite des plantes des bois encore en pleine floraison, pour se consacrer à la visite des fleurs de chou ou de colza. "Chaque jour, elles règlent ainsi leur distribution sur les plantes, de manière à récolter le meilleur liquide sucré dans le moins de temps possible". "On peut donc dire que la colonie d'abeilles, aussi bien dans ses travaux de récolte qua dans l'intérieur de la ruche, sait établir une distribution rationnelle du nombre d'ouvrières, tout en appliquant le principe de la division du travail".

XI

Mais, dira-t-on, que nous importe que les abeilles soient plus ou moins intelligentes? Pourquoi peser ainsi, avec tant de soin, une petite trace de matière presque invisible, comme s'il s'agissait d'un fluide dont dépendissent les destinées de l'homme? Sans rien exagérer, je crois que l'intérêt que nous .y avons est des plus appréciables. À trouver, hors de nous une marque réelle d'intelligence, nous éprouvons un peu de l'émotion de Robinson découvrant l'empreinte d'un pied humain sur la grève de son île. Il semble que nous soyons moins seuls que nous ne croyions l'être. Quand nous essayons de nous rendre compte de l'intelligence des abeilles, c'est en définitive le plus précieux de notre substance que nous étudions en elles, c'est un atome de cette matière extraordinaire qui, partout où elle s'attache, à la propriété magnifique de transfigurer les nécessités aveugles, d'organiser, d'embellir et de multiplier la vie, de tenir en suspens, d'une manière plus frappante, la force obstinée de la mort et le grand flot inconsidéré qui roule presque tout ce qui existe dans une inconscience éternelle. Si nous étions seuls à posséder et à maintenir une parcelle de matière en cet état particulier de floraison ou d'incandescence que nous nommons l'intelligence, nous aurions quelque droit de nous croire privilégiés, de nous imaginer que la nature atteint en nous une sorte de but; mais voilà toute une catégorie d'êtres, les hyménoptères, où elle atteint un but à peu près identique. Cela ne décide rien si l'on veut, mais le fait n'en occupe par moins un rang honorable parmi la foule des petits faits qui contribuent à éclairer notre situation sur cette terre. Il y a là, d'un certain point de vue une contre-épreuve de la partie la plus indéchiffrable de notre être, il y a là des superpositions de destinées que nous dominons d'un lieu plus élevé qu'aucun de ceux que nous atteindrons pour contempler les destinées de l'homme. Il y a là, en raccourci, de grandes et simples lignes que nous n'avons jamais l'occasion de démêler ni de suivre jusqu'au bout dans notre sphère démesurée. Il y a là l'esprit et la matière, l'espèce et l'individu, l'évolution et la permanence, le passé et l'avenir, la vie et la mort, accumulés dans un réduit que notre main soulève et que nous embrassons d'un coup d'œil ; et l'on peut se demander si la puissance des corps et la place qu'ils occupent dans le temps et l'espace modifient autant que nous le croyons l'idée secrète de la nature, que nous nous efforçons de saisir dans la petite histoire de la ruche, séculaire en quelques jours, comme dans la grande histoire des hommes dont trois générations débordent un long siècle.

XII

Reprenons donc, où nous l'avions laissée, l'histoire de notre ruche, pour écarter, autant que possible, un des plis du rideau de guirlandes au milieu duquel l'essaim commence à éprouver cette étrange sueur presque aussi blanche que la neige et plus légère que le duvet d'une aile. Car la cire qui naît ne ressemble pas à celle que nous connaissons tous : elle est immaculée, impondérable, elle paraît vraiment l'âme du miel, qui est lui-même l'esprit des fleurs, évoquée dans une incantation immobile, pour devenir plus tard entre nos mains, en souvenir, sans doute, de son origine où il y a tant d'azur, de parfums, d'espace cristallisé, de rayons sublimés, de pureté et de magnificence, la lumière odorante de nos derniers autels.

XIII

Il est fort difficile de suivre les diverses phases de la sécrétion et de l'emploi de la cire dans un essaim qui commence à bâtir. Tout se passe au profond de la foule, dont l'agglomération de plus en plus dense, doit produire la température favorable à cette exsudation qui est le privilège des plus jeunes abeilles. Huber, qui les étudia le premier avec une patience incroyable et au prix de dangers parfois sérieux, consacre à ces phénomènes plus de deux cent cinquante pages intéressantes, mais forcément confuses. Pour moi, qui ne fais pas un ouvrage technique, je me bornerai, en m'aidant au besoin de ce qu'il a si bien observé, à rapporter ce que chacun peut voir, qui recueille un essaim dans une ruche vitrée. Avouons d'abord qu'on ne sait pas encore par quelle alchimie le miel se transforme en cire dans le corps plein d'énigmes de nos mouches suspendues. On constate seulement qu'au bout de dix-huit à vingt-quatre heures d'attente, dans une température si élevée qu'on croirait qu'une flamme couve au creux de la ruche, des écailles blanches et transparentes apparaissent à l'ouverture de quatre petites poches situées de chaque côté de l'abdomen de l'abeille. Quand la plupart de celles qui forment le cône renversé ont ainsi le ventre galonné de lamelles d'ivoire, on voit tout à coup l'une d'elles, comme prise d'une inspiration subite, se détacher de la foule, grimper rapidement le long de la multitude passive, jusqu'au faîte intérieur de la coupole, où elle s'attache solidement tout en écartant à coups de tête les voisines qui gênent ses mouvements. Elle saisit alors avec les pattes et la bouche l'une des huit

29

plaques de son ventre, la rogne, la rabote, la ductilise, la pétrit dans sa salive, la ploie et la redresse, l'écrase et la reforme avec l'habileté d'un menuisier qui manierait un panneau malléable. Enfin, lorsque la substance malaxée de la sorte lui paraît avoir les dimensions et la consistance voulues, elle l'applique au sommet du dôme, posant ainsi la première pierre ou plutôt la clef de voûte de la cité nouvelle, car il s'agit ici d'une ville à l'envers qui descend du ciel et ne s'élève pas du sein de la terre comme une ville humaine. Cela fait, elle ajuste à cette clef de voûte suspendue dans le vide d'autres fragments de cire qu'elle prend à mesure sous ses anneaux de corne; elle donne à l'ensemble un dernier coup de langue, un dernier coup d'antennes; puis, aussi brusquement qu'elle est venue, elle se retire et se perd dans la foule. Immédiatement, une autre la remplace, reprend le travail au point où elle l'avait laissé, y ajoute le sien, redresse ce qui ne paraît pas conforme au plan idéal de la tribu, disparait à son tour, tandis qu'une troisième, une quatrième, une cinquième lui succèdent, en une série d'apparitions inspirées et subites, aucune n'achevant l'œuvre, toutes apportant leur part au labeur unanime.

XIV

Un petit bloc de cire encore informe pend alors au sommet de la voûte. Quand il parait de grosseur suffisante, on voit surgir de la grappe une autre abeille dont l'aspect diffère sensiblement de celle des fondatrices qui l'ont précédée. On pourrait croire, à voir la certitude de sa détermination et l'attente de celles qui l'entourent, que c'est une sorte d'ingénieur illuminé, qui tout à coup désigne dans le vide la place que doit occuper la première cellule, dont dépendront mathématiquement celles de toutes les autres. En tout cas, cette abeille appartient à la classe des ouvrières sculpteuses ou ciseleuses qui ne produisent pas de cire et se contentent de mettre en œuvre les matériaux qu'on leur fournit. Elle choisit donc l'emplacement de la première cellule, creuse un moment dans le bloc en ramenant vers les bords qui s'élèvent autour de la cavité, la cire qu'elle ôte dans le fond. Ensuite, comme l'avaient fait les fondatrices, elle abandonne soudain son ébauche, une ouvrière impatiente la remplace et reprend son œuvre qu'une troisième achèvera, pendant que d'autres entament autour d'elles, selon la même méthode de travail ininterrompu et successif, le reste de la surface et le côté opposé de la paroi de cire. On dirait qu'une loi essentielle de la ruche y divise l'orgueil de la besogne et que toute œuvre y doive être commune et anonyme pour qu'elle soit plus fraternelle.

XV

Bientôt le rayon naissant se devine. Il est encore lenticulaire, car les petits tubes prismatiques qui le composent, inégalement prolongés, s'accourcissent en une dégradation régulière du centre aux extrémités. À ce moment, il a à peu près l'apparence et l'épaisseur d'une langue humaine formée sur ses deux faces de cellules hexagones juxtaposées et adossées. Dès que les premières cellules sont construites, les fondatrices fixent à la voûte un deuxième, puis à mesure, un troisième et un quatrième bloc de cire. Ces blocs s'échelonnent à intervalles réguliers et calculés de telle sorte que lorsque les rayons auront acquis toute leur force, ce qui n'a lieu que beaucoup plus tard, les abeilles auront toujours l'espace nécessaire pour circuler entre les parois parallèles. Il faut donc que, dans leur plan, elles prévoient l'épaisseur définitive de chaque rayon, qui est de vingt-deux ou vingt-trois millimètres, et en même temps la largeur des rues qui les séparent et qui doivent avoir environ onze millimètres de large, c'est-à-dire le double de la hauteur d'une abeille, puisque, entre les rayons, elles auront à passer dos à dos. D'ailleurs elles ne sont pas infaillibles et leur certitude ne paraît pas machinale. Dans des circonstances difficiles elles commettent parfois d'assez grosses erreurs. Il y a souvent trop d'espace entre les rayons ou trop peu. Elles y remédient alors du mieux qu'elles peuvent, soit en faisant obliquer le rayon trop rapproché, soit en intercalant dans le vide trop grand un rayon irrégulier. "Il leur arrive parfois de se tromper, dit à ce propos Réaumur, et c'est encore un des faits qui semblent prouver qu'elles jugent."

XVI

On sait que les abeilles construisent quatre espèces de cellules. D'abord les cellules royales, qui sont exceptionnelles et ressemblent à un gland de chêne, ensuite les grandes cellules réservées à l'élevage des mâles et à l'emmagasinage des provisions quand les fleurs surabondent, puis les petites cellules qui servent de berceau aux ouvrières et de magasins ordinaires, et, normalement, occupent à peu près les huit dixièmes de la

30

surface bâtie de la ruche. Enfin, pour relier sans désordre les grandes aux petites, elles édifient un certain nombre de cellules de transition. À part l'inévitable irrégularité de ces dernières, les dimensions du deuxième et du troisième type sont si bien calculées, qu'au moment de l'établissement du système décimal, lorsqu'on chercha dans la nature une mesure fixe qui pût servir de point de départ et d'étalon incontestable, Réaumur proposa l'alvéole de l'abeille. (*On rejeta, non sans motifs, cet étalon. Le diamètre des alvéoles est d'une régularité admirable, mais, comme tout ce qui est produit par un organisme vivant, il n'est pas mathématiquement invariable dans la même ruche. En outre, comme le fait remarquer M. Maurice Girard, les diverses espèces d'abeilles ont un apothème d'alvéole distinct, de sorte que l'étalon serait différent d'une ruche à l'autre, suivant l'espèce d'abeilles qui s'y trouve.*) Chacun de ces alvéoles est un tuyau hexagone posé sur une base pyramidale, et chaque rayon est formé de deux couches de ces tuyaux opposés par la base, de telle manière que chacun des trois rhombes ou losanges qui constituent la base pyramidale d'une cellule de l'avers forme en même temps la base également pyramidale de trois cellules du revers. C'est dans ces tubes prismatiques qu'est emmagasiné le miel. Pour éviter que ce miel s'en échappe pendant le temps de sa maturation, ce qui arriverait inévitablement s'ils étaient strictement horizontaux comme ils paraissent l'être, les abeilles les relèvent légèrement selon un angle de quatre ou cinq degrés. "Outre l'épargne de cire, dit Réaumur en considérant l'ensemble de cette merveilleuse construction, outre l'épargne de cire, qui résulte de la disposition des cellules, outre qu'au moyen de cet arrangement les abeilles remplissent le gâteau sans qu'il y reste aucun vide, il en revient encore des avantages par rapport à la solidité de l'ouvrage. L'angle du fond de chaque cellule, le sommet de la cavité pyramidale, est arc-bouté par l'arête que font ensemble deux pans de l'hexagone d'une autre cellule. Les deux triangles ou prolongements des parts hexagones qui remplissent un des angles rentrants de la cavité renfermée par les trois rhombes forment ensemble un angle plan par le côté où ils se touchent; chacun de ces angles, qui est concave en dedans de la cellule, soutient du côté de sa convexité une des lames employées à former l'hexagone d'une autre cellule, et cette lame, qui s'appuie sur cet angle, tient contre la force qui tendrait à les pousser en dehors; c'est ainsi que les angles se trouvent fortifiés. Tous les avantages que l'on pouvait demander par rapport à la solidité de chaque cellule lui sont procurés par sa propre figure et par la manière dont elles sont disposées les unes par rapport aux autres.

XVII

" Les géomètres savent, dit le Dr Reid, qu'il n'y a que trois sortes de figures que l'on puisse adopter pour diviser une surface en petits espaces semblables, de forme régulière et de même grandeur sans interstices. "Ce sont le triangle équilatéral, le carré et l'hexagone régulier qui, en ce qui concerne la construction des cellules, l'emporte sur les deux autres figures, au point de vue de la commodité et de la résistance. Or, c'est justement la forme hexagone que les abeilles adoptent comme si elles en connaissaient les avantages. "De même, le fond des cellules se compose de trois plans qui se rencontrent en un point, et il a été démontré que ce système de construction permet de réaliser une économie considérable en fait de travail et de matériaux. Encore la question était-elle de savoir quel angle d'inclinaison des plans correspond à l'économie la plus grande, problème de hautes mathématiques qui a été résolu par quelques savants, entre autres Maclaurin dont on trouvera la solution dans le compte rendu de la Société royale de Londres. Or, l'angle ainsi déterminé par le calcul correspond à celui que l'on mesure au fond des cellules." (*Réaumur avait proposé au célèbre mathématicien Kœnig le problème suivant : "Entre toutes les cellules hexagonales à fond pyramidal composé de trois rhombes semblables et égaux, déterminer celle qui peut être construite avec le moins de matière? " — Kœnig trouva qu'une telle cellule avait son fond fait de trois rhombes dont chaque grand angle était de 109 degrés 26 minutes et chaque petit de 70 degrés 34 minutes. Or, un autre savant, Maraldi, ayant mesuré aussi exactement que possible les angles des rhombes construits par les abeilles, fixa les grands à 109 degrés 28 minutes et les petits à 10 degrés 32 minutes. Il n'y avait donc entre les deux solutions qu'une différence de 2 minutes. 11 est probable que l'erreur, s'il y en a une, doit être imputée à Maraldi plutôt qu'aux abeilles, car aucun instrument ne permet de mesurer avec une précision infaillible les angles des cellules qui ne sont pas assez nettement définis. Un autre mathématicien, Cramer, à qui l'on avait soumis le même problème, donna d'ailleurs une solution qui se rapproche encore davantage de celle des abeilles, soit l09 degrés 28 minutes et demie, pour les grands, et 70 degrés 31 minutes et demie pour les petits. Maclaurin, rectifiant Kœnig, donne 70 degrés 32 minutes et lO9 degrés 28 minutes.*)

31

XVIII

Certes, je ne crois pas que les abeilles se livrent à ces calculs compliqués, mais je ne crois pas davantage que le hasard ou la seule force des choses produise ces résultats étonnants. Pour les guêpes, par exemple, qui construisent comme les abeilles des gâteaux à cellules hexagones, le problème était le même et elles l'ont résolu d'une manière bien moins ingénieuse. Leurs rayons n'ont qu'une couche de cellules et ne possèdent pas le fond commun qui sert à la fois aux deux couches opposées du gâteau de l'abeille. De là, moins de solidité, plus d'irrégularité et une perte de temps, de matière et d'espace que l'on peut estimer au quart de l'effort et au tiers de l'espace nécessaires. Pareillement, les Trigones et les Mélipones, qui sont de véritables abeilles domestiques, mais d'une civilisation moins avancée, ne construisent leurs cellules d'élevage que sur un rang, et appuient leurs gâteaux horizontaux et superposés sur d'informes et dispendieuses colonnes de cire. Quant à leurs cellules à provisions, ce sont de grandes outres assemblées sans ordre, et là où elles pourraient s'intersecter, par conséquent réaliser l'économie de substance et d'espace dont profitent les abeilles, les Mélipones, sans s'aviser de cette économie possible, insèrent maladroitement entre les sphères des cellules à parois planes. Aussi, quand on compare un de leurs nids à la cité mathématique de nos mouches à miel, on croirait voir une bourgade de huttes primitives à côté d'une de ces villes implacablement régulières, qui sont le résultat peut-être sans charmes mais logique, du génie de l'homme qui lutte plus âprement qu'autrefois contre le temps, l'espace et la matière.

XIX

La théorie courante, d'ailleurs renouvelée de Buffon, soutient que les abeilles n'ont pas du tout l'intention de faire des hexagones à base pyramidale, qu'elles veulent simplement creuser dans la cire des alvéoles ronds, mais que leurs voisines et celles qui travaillent sur l'autre face du gâteau, creusant en même temps, avec les mêmes intentions, les points où les alvéoles se rencontrent prennent forcément une forme hexagonale. C'est, ajoute-t-on, ce qui arrive pour les cristaux, pour les écailles de certains poissons, pour les bulles de savon, etc. ; c'est encore ce qui arrive dans l'expérience suivante que propose Buffon. "Qu'on remplisse, dit-il, un vaisseau de pois ou de quelque autre graine cylindrique et qu'on le ferme exactement après y avoir versé autant d'eau que les intervalles, entre les graines, peuvent en recevoir, qu'on fasse bouillir cette eau, tous ces cylindres deviendront des colonnes à six pans. On en voit clairement la raison qui est purement mécanique : chaque graine dont la figure est cylindrique tend, par son renflement, à occuper le plus d'espace possible dans un espace donné ; elles deviennent donc toutes nécessairement hexagones par la compression réciproque. Chaque abeille cherche à occuper de même le plus d'espace possible dans un espace donné; il est donc nécessaire aussi, puisque le corps des abeilles est cylindrique, que leurs cellules soient hexagones par la même raison des obstacles réciproques."

XX

Voilà des obstacles réciproques qui produisent une merveille, comme les vices des hommes, par la même raison, produisent une vertu générale, qui est suffisante pour que l'espèce humaine, souvent odieuse dans ses individus, ne le soit pas dans son ensemble. On pourrait d'abord objecter, comme l'ont fait Broughman, Kirby et Spence, et d'autres savants, que l'expérience des bulles de savon et des pois ne prouve rien, car dans l'un et l'autre cas, l'effet de la pression n'aboutit qu'à des formes très irrégulières et n'explique pas la raison d'être du fond prismatique des cellules. On pourrait surtout répondre qu'il y a plus d'une manière de tirer parti des nécessités aveugles, que la guêpe cartonnière, le bourdon velu, les mélipones et les trigones du Mexique et du Brésil, bien que les circonstances et le but soient pareils, arrivent à des résultats fort différents et manifestement inférieurs. On pourrait dire encore que si les cellules de l'abeille obéissent à la loi des cristaux, de la neige, des bulles de savon ou des pois bouillis de Buffon, elles obéissent en même temps, par leur symétrie générale, par leur disposition sur deux couches opposées, par leur inclinaison calculée, etc., à bien d'autres lois qui ne se trouvent pas dans la matière. On pourrait ajouter que tout le génie de l'homme est aussi dans la façon dont il tire parti de nécessités analogues, et que si cette façon nous semble la meilleure possible, c'est qu'il n'y a pas de juge au-dessus de nous. Mais il est bon que les raisonnements s'effacent devant les faits, et pour écarter une objection tirée d'une expérience, rien ne vaut une autre expérience. Afin de m'assurer que l'architecture hexagonale était réellement inscrite dans l'esprit de l'abeille, j'ai découpé et enlevé un jour, au centre d'un rayon, à un endroit où il y avait à la fois du couvain et des cellules pleines de miel, un disque de la grandeur d'une pièce de cent sous. Coupant ensuite le disque par le milieu de sa tranche ou de l'épaisseur de sa circonférence, au point où se joignaient les bases pyramidales des cellules, j'appliquai sur les bases de l'une des deux sections ainsi obtenues, une rondelle d'étain de même dimension et assez résistante pour que les abeilles ne pussent la déformer ni la faire fléchir. Puis je remis où je l'avais prise la section munie de la rondelle. L'une des faces du rayon, n'offrait donc rien d'anormal puisque le dommage était ainsi réparé, mais sur l'autre se voyait une sorte de grand trou dont le fond était formé par la rondelle d'étain et qui tenait la place d'une trentaine de cellules. Les abeilles furent d'abord déconcertées, elles vinrent en foule examiner et étudier l'abime invraisemblable et, plusieurs jours durant, s'agitèrent tout autour et délibérèrent sans prendre de décision. Mais comme je les nourrissais abondamment chaque soir, il vint un moment où elles n'eurent plus de cellules disponibles pour emmagasiner leurs provisions. Il est probable qu'alors les grands ingénieurs, les sculpteurs et les cirières d'élite reçurent l'ordre de tirer parti du gouffre inutile. Une lourde guirlande de cirières l'enveloppa pour entretenir la chaleur nécessaire, d'autres abeilles descendirent dans le trou et commencèrent par fixer solidement la rondelle de métal à l'aide de petites griffes de cire régulièrement échelonnées sur son pourtour et qui s'attachaient aux arêtes des cellules environnantes. Elles entreprirent alors, en les reliant à ces griffes, la construction de trois ou quatre cellules, dans le demi-cercle supérieur de la rondelle. Chacune de ces cellules de transition ou de réparation avait son dessus plus ou moins déformé pour se souder à l'alvéole contigu du rayon, mais sa moitié inférieure dessinait toujours sur l'étain trois angles très nets d'où sortaient déjà trois petites lignes droites qui ébauchaient régulièrement la première moitié de la cellule suivante. Au bout de quarante-huit heures, et bien que trois ou quatre abeilles au plus pussent travailler en même temps dans l'ouverture, toute la surface de l'étain était couverte d'alvéoles esquissés. Ces alvéoles étaient certes moins réguliers que ceux d'un rayon ordinaire ; c'est pourquoi la reine, les ayant parcourus, sagement refusa d'y pondre, car il n'en serait sorti qu'une génération atrophiée. Mais tous étaient parfaitement hexagonaux; on n'y trouvait pas une ligne courbe, pas une forme, pas un angle arrondi. Pourtant, toutes les conditions habituelles étaient changées, les cellules n'étaient pas creusées dans un bloc selon l'observation de Huber, ou dans un capuchon de cire, selon celle de Darwin, circulaires d'abord et ensuite hexagonalisées par la pression de leurs voisines. Il ne pouvait être question d'obstacles réciproques attendu qu'elles naissaient une à une et projetaient librement sur une sorte de table rase les petites lignes d'amorçage. Il paraît donc bien certain que l'hexagone n'est pas le résultat de nécessités mécaniques, mais qu'il se trouve véritablement dans le plan, dans l'expérience, dans l'intelligence et la volonté de l'abeille. Un autre trait curieux de leur sagacité que je note à la rencontre, c'est que les godets qu'elles bâtirent sur la rondelle n'avaient pas d'autre fond que le métal même. Les ingénieurs de l'escouade présumaient évidemment que l'étain suffirait à retenir les liquides cl avaient jugé inutile de l'enduire de cire. Mais, peu après, quelques gouttes de miel ayant été déposées dans deux de ces godets, ils remarquèrent probablement qu'il s'altérait plus ou moins au contact du métal. Ils se ravisèrent alors et recouvrirent d'une sorte de vernis diaphane toute la surface de l'étain.

XXI

Si nous voulions éclairer tous les secrets de cette architecture géométrique, nous aurions encore à examiner plus d'une question intéressante, par exemple la forme des premières cellules qui s'attachent au toit de la ruche, et qui est modifiée de manière à toucher ce toit par le plus grand nombre de points possible. Il faudrait remarquer aussi, non pas tant l'orientation des grandes rues, déterminée par le parallélisme des rayons, que la disposition des ruelles et passages ménagés çà et là au travers ou autour des gâteaux pour assurer le trafic et la circulation de l'air, et qui sont habilement distribués de manière à éviter de trop longs détours ou un encombrement probable. Il faudrait enfin étudier la construction des cellules de transition, l'instinct unanime qui pousse les abeilles à augmenter, à un moment donné, les dimensions de leurs demeures, soit que la récolte extraordinaire demande de plus grands vases, soit qu'elles jugent la population assez forte ou que la naissance des mâles devienne nécessaire. Il faudrait admirer en même temps l'économie ingénieuse et l'harmonieuse certitude avec laquelle elles passent, dans ces cas, du petit au grand ou du grand au petit, de la symétrie

33

parfaite à une asymétrie inévitable, pour revenir, dès que le permettent les lois d'une géométrie animée, à la régularité idéale, sans qu'une cellule soit perdue, sans qu'il y ait dans la suite de leurs édifices un quartier sacrifié, enfantin, hésitant et barbare, ou une zone inutilisable. Mais déjà je crains de m'être égaré dans bien des détails dénués d'intérêt pour un lecteur qui n'a peut-être jamais suivi des yeux un vol d'abeilles ou qui ne s'y est intéressé qu'en passant, comme nous nous intéressons tous en passant à une fleur, à un oiseau, à une pierre précieuse, sans demander autre chose qu'une distraite certitude superficielle, et sans nous dire assez que le moindre secret d'un objet que nous voyons dans la nature qui n'est pas humaine, participe peut-être plus directement à l'énigme profonde de nos fins et de nos origines, que le secret de nos passions les plus passionnantes et le plus complaisamment étudiées.

XXII

Pour ne pas alourdir cette étude, je passe également sur l'instinct assez surprenant qui les fait parfois amincir et démolir l'extrémité de leurs rayons quand elles veulent prolonger ou élargir ceux-ci; et, cependant, on conviendra que démolir pour reconstruire, défaire ce qu'on a fait pour le refaire plus régulièrement, suppose un singulier dédoublement de l'aveugle instinct de bâtir. Je passe encore sur des expériences remarquables que l'on peut faire pour les forcer de construire des rayons circulaires, ovales, tabulaires ou bizarrement contournés, et sur la manière ingénieuse dont elles parviennent à faire correspondre les cellules élargies des parties convexes aux cellules rétrécies des parties concaves du gâteau. Mais avant de quitter ce sujet, arrêtons-nous, ne serait-ce qu'une minute, à considérer la façon mystérieuse dont elles concertent leur travail et prennent leurs mesures lorsqu'elles sculptent en même temps, et sans se voir, les deux faces opposées d'un rayon. Regardez par transparence un de ces rayons, et vous apercevrez, dessinés par des ombres aiguës dans la cire diaphane, tout un réseau de prismes, aux critères si nets, tout un système de concordances si infaillibles, qu'on les croirait estampées dans l'acier. Je ne sais si ceux, qui n'ont jamais vu l'intérieur d'une ruche se représentent suffisamment la disposition et l'aspect des rayons. Qu'ils se figurent, pour prendre la ruche de nos paysans, où l'abeille est livrée à elle-même, qu'ils se figurent une cloche de paille ou d'osier; cette cloche est divisée de haut en bas par cinq, six, huit et parfois dix tranches de cire parfaitement parallèles et assez semblables à de grandes tranches de pain qui descendent du sommet de la cloche et épousent strictement la forme ovoïde de ses parois. Entre chacune de ces tranches est ménagé un intervalle d'environ onze millimètres dans lequel se tiennent et circulent les abeilles. Au moment où commence dans le haut de la ruche la construction d'une de ces tranches, le mur de cire qui en est l'ébauche, et qui sera plus tard aminci et étiré, est encore fort épais et isole complètement les cinquante ou soixante abeilles qui travaillent sur la face antérieure, des cinquante ou soixante qui cisèlent en même temps sa face postérieure, en sorte qu'il est impossible qu'elles se voient mutuellement, à moins que leurs yeux n'aient le don de percer les corps les plus opaques. Néanmoins, une abeille de la face antérieure ne creuse pas un trou, n'ajoute pas un fragment de cire qui ne corresponde exactement à une saillie ou à une cavité de la face postérieure et réciproquement. Gomment s'y prennent-elles? Comment se fait-il que l'une ne creuse pas trop avant et l'autre pas assez? Comment tous les angles des losanges coïncident-ils toujours si magiquement? Qu'est-ce qui leur dit de commencer ici et de s'arrêter là? Il faut nous contenter une fois de plus de la réponse qui ne répond pas : "C'est un des mystères de la ruche". Huber a essayé d'expliquer ce mystère en disant qu'à certains intervalles, par la pression de leurs pattes ou de leurs dents, elle provoquaient peut-être une légère saillie sur la face opposée du rayon, ou qu'elles se rendaient compte de l'épaisseur plus ou moins grande du bloc, par la flexibilité, l'élasticité ou quelque autre propriété physique de la cire, ou encore que leurs antennes semblent se prêter à l'examen des parties les plus déliées et les plus contournées des objets et leur servent de compas dans l'invisible, ou enfin que le rapport de toutes les cellules dérive mathématiquement de la disposition et des dimensions de celles du premier rang sans qu'il y ait besoin d'autres mesures. Mais on voit que ces explications ne sont pas suffisantes : les premières sont des hypothèses invérifiables; les autres déplacent simplement le mystère. Et s'il est bon de déplacer le plus souvent possible les mystères, encore faut-il ne pas se flatter qu'un changement de place suffise à les détruire.

XXIII

34

Quittons enfin les plateaux monotones et le désert géométrique des cellules. Voilà donc les rayons commencés et qui deviennent habitables. Bien que l'infiniment petit s'ajoute, sans espoir apparent, à l'infiniment petit, et que notre œil, qui voit si peu de chose, regarde sans rien voir, l'œuvre de cire qui ne s'arrête ni de jour ni de nuit s'étend avec une rapidité extraordinaire. La reine impatiente a déjà parcouru plus d'une fois les chantiers qui blanchissent dans l'obscurité, et, maintenant que les premières lignes des demeures sont achevées, elle en prend possession avec son cortège de gardiennes, de conseillères ou de servantes, car on ne saurait dire si elle est conduite ou suivie, vénérée ou surveillée. Arrivée à l'endroit qu'elle juge favorable ou que ses conseillères lui imposent, elle bombe le dos, se recourbe et introduit l'extrémité de son long abdomen fuselé dans l'un des godets vierges, pendant que toutes les petites têtes attentives, les petites têtes aux énormes yeux noirs des gardes de son escorte, l'enserrent d'un cercle passionné, lui soutiennent les pattes, lui caressent les ailes et agitent sur elle leurs fébriles antennes, comme pour l'encourager, la presser et la féliciter. On reconnaît aisément l'endroit où elle se trouve à cette espèce de cocarde étoilée, ou plutôt à cette broche ovale dont elle est la topaze centrale et qui ressemble assez aux imposantes broches que portaient nos grand'mères. Il est d'ailleurs remarquable, puisque s'offre l'occasion de le remarquer, que les ouvrières évitent toujours de tourner le dos à la reine. Sitôt qu'elle s'approche d'un groupe, toutes s'arrangent de façon à lui présenter invariablement les yeux et les antennes et marchent devant elle à reculons. C'est un signe de respect ou plutôt de sollicitude qui, pour invraisemblable qu'il paraisse, n'en est pas moins constant et tout à fait général. Mais revenons à notre souveraine. Souvent, pendant le léger spasme qui accompagne visiblement l'émission de l'œuf, une de ses filles la saisit dans ses bras, et front contre front, bouche contre bouche, semble lui parler bas. Elle, assez indifférente à ces témoignages un peu effrénés, prend son temps, ne s'émeut guère, tout à sa mission qui paraît être pour elle une volupté amoureuse plutôt qu'un travail. Enfin au bout de quelques secondes, elle se redresse avec calme, se déplace d'un pas, fait un quart de tour sur elle-même, et, avant d'y introduire la pointe de son ventre, plonge la tête dans la cellule voisine afin de s'assurer que tout y est en ordre, et qu'elle ne pond pas deux fois dans le même alvéole, tandis que deux ou trois abeilles de l'escorte empressée culbutent successivement dans la cellule abandonnée, pour voir si l'œuvre est accomplie, et entourer de leurs soins ou mettre en bonne place le petit œuf bleuâtre qu'elle vient d'y déposer. À partir de ce moment jusqu'aux premiers froids de l'automne, elle ne s'arrête plus, pondant pendant qu'on la nourrit et dormant si tant est qu'elle dorme — en pondant. Elle représente dès lors la puissance dévorante de l'avenir qui envahit tous les coins du royaume. Elle suit pas à pas les malheureuses ouvrières qui s'épuisent à construire les berceaux que sa fécondité réclame. On assiste ainsi à un concours de deux instincts puissants dont les péripéties éclairent pour les montrer, sinon pour les résoudre, plusieurs énigmes de la ruche. Il arrive, par exemple, que les ouvrières gagnent une certaine avance. Obéissant à leurs soucis de bonnes ménagères qui songent aux provisions des mauvais jours, elles s'empressent de remplir de miel les cellules conquises sur l'avidité de l'espèce. Mais la reine s'approche; il faut que les biens matériels reculent devant l'idée de la nature, et les ouvrières affolées déménagent en hâte le trésor importun. Il arrive aussi que leur avance soit d'un rayon entier : alors, n'ayant plus sous les yeux celle qui représente la tyrannie des jours que personne ne verra, elles en profitent pour bâtir aussi vite que possible une zone de grandes cellules, de cellules à mâles, dont la construction est beaucoup plus facile et plus rapide. Arrivée à cette zone ingrate, la reine y dépose à regret quelques œufs, la franchit, et vient sur ses bords exiger de nouvelles cellules d'ouvrières. Les travailleuses obéissent, rétrécissent graduellement les alvéoles, et la poursuite recommence, jusqu'à ce que l'insatiable mère, fléau fécond et adoré, soit ramenée des extrémités de la ruche aux cellules du début, abandonnées dans l'entre-temps par la première génération qui vient d'éclore, et qui bientôt, de ce coin d'ombre où elle est née, va se répandre sur les fleurs des environs, peupler les rayons du soleil et animer les heures bienveillantes, pour se sacrifier à son tour à la génération qui déjà la remplace dans les berceaux.

XXIV

Et la reine abeille, à qui obéit-elle? A la nourriture qu'on lui donne; car elle ne prend pas elle-même ses aliments; elle est nourrie comme un enfant par les ouvrières mêmes que sa fécondité harasse. Et cette nourriture à son tour, que lui mesurent les ouvrières, est proportionnée à l'abondance des fleurs et au butin que rapportent les visiteuses des calices. Ici donc, comme partout en ce monde, une portion du cercle plonge dans les ténèbres; ici donc, comme partout, c'est du dehors, d'une puissance inconnue que vient l'ordre suprême, et les abeilles se soumettent comme nous au maître anonyme de la roue qui tourne sur elle-même en écrasant les volontés qui la font mouvoir. Quelqu'un à qui je montrais dernièrement, dans une de mes ruches de verre, le mouvement de cette roue aussi visible que la grande roue d'une horloge, quelqu'un qui voyait à nu l'agitation innombrable des rayons, le trémoussement perpétuel, énigmatique et fou des nourrices sur la chambre à couvain, les passerelles et les échelles animées que forment les cirières, les spirales envahissantes de la reine, l'activité diverse et incessante de la foule, l'effort impitoyable et inutile, les allées et venues accablées d'ardeur, le sommeil ignoré hormis dans des berceaux que déjà guette le travail de demain, le repos même de la mort éloigné d'un séjour qui n'admet ni malades ni tombeaux, quelqu'un qui regardait ces choses, l'étonnement passé, ne tardait pas à détourner es yeux où se lisait je ne sais quel effroi attristé. Il y a en effet dans la ruche, sous l'allégresse du premier abord, sous les souvenirs datant des beaux jours qui l'emplissent et en font la cassette des joyaux de l'été, sous le va-et-vient enivré qui la relie aux fleurs, aux eaux vives, à l'azur, à l'abondance si paisible de tout ce qui représente la beauté et le bonheur, il y a en effet, sous toutes ces délices extérieures, un spectacle qui est un des plus tristes qu'on puisse voir. Et nous autres aveugles qui n'ouvrons que des yeux obscurcis, quand nous regardons ces innocentes condamnées nous savons bien que ce n'est pas elles seules que nous sommes près de plaindre, que ce n'est pas elles seules que nous ne comprenons point, mais une forme pitoyable de la grande force qui nous anime et nous dévore aussi. Oui, si l'on veut, cela est triste, comme tout est triste dans la nature quand on la regarde de près. Il en sera ainsi tant que nous ne saurons pas son secret, ou si elle en a un. Et si nous apprenons un jour qu'elle n'en ait point ou que ce secret soit horrible, alors naîtront d'autres devoirs qui peut-être n'ont pas encore de nom. En attendant, que notre cœur répète s'il le désire : "Cela est triste", mais que notre raison se contente de dire : "Cela est ainsi". Notre devoir de l'heure est de chercher s'il n'y a rien derrière ces tristesses, et pour cela il ne faut pas en détourner les yeux, mais les regarder fixement et les étudier avec autant d'intérêt et de courage que si c'étaient des joies. Il est juste qu'avant de nous plaindre, qu'avant de juger la nature, nous achevions de l'interroger.

XXV

Nous avons vu que les ouvrières, dès qu'elles ne se sentent plus serrées de près par la menaçante fécondité de la mère, se hâtent de bâtir des cellules à provisions dont la construction est plus économique et la capacité plus grande. Nous avons vu, d'autre part, que la mère préfère pondre dans les petites cellules et qu'elle en réclame sans cesse. Néanmoins, à leur défaut, et en attendant qu'on lui en fournisse, elle se résigne à déposer ses œufs dans les larges cellules qu'elle trouve sur son passage. Les abeilles qui en naîtront seront des mâles ou faux-bourdons, bien que les œufs soient en tout pareils à ceux dont naissent les ouvrières. Or, au rebours de ce qui a lieu dans la transformation d'une ouvrière en reine, ce n'est pas la forme ou la capacité de l'alvéole qui détermine ici le changement, car d'un œuf pondu dans une grande cellule et transporté ensuite dans une cellule d'ouvrière sortira (j'ai réussi à opérer quatre ou cinq fois ce transfert qui est assez difficile à cause de la petitesse microscopique et de l'extrême fragilité de l'œuf) un mâle plus ou moins atrophié, mais incontestable. Il faut donc que la reine en pondant ait la faculté de reconnaître ou de déterminer le sexe de l'œuf qu'elle dépose, et de l'approprier à l'alvéole sur lequel elle s'accroupit. Il est rare qu'elle se trompe. Comment fait-elle? Comment, parmi des myriades d'œufs que contiennent ses deux ovaires, sépare-t-elle les mâles des femelles, et comment descendent-ils à son gré dans l'oviducte unique? Nous voici encore en présence d'une des énigmes de la ruche, et d'une des plus impénétrables. On n'ignore pas que la reine vierge n'est point stérile, mais qu'elle ne peut pondre que des œufs de mâles. Ce n'est qu'après la fécondation du vol nuptial qu'elle produit à son choix des ouvrières ou des faux-bourdons. À la suite du vol nuptial, elle est définitivement en possession, jusqu'à sa mort, des spermatozoïdes arrachés à son malheureux amant. Ces spermatozoïdes, dont le docteur Leuckart estime le nombre à vingt-cinq millions, sont conservés vivants dans une glande spéciale située sous les ovaires, à l'entrée de l'oviducte commun, et appelée spermathèque. On suppose donc que l'étroitesse de l'orifice des petites cellules et la manière dont la forme de cet orifice oblige la reine de se courber et de s'accroupir exerce sur la spermathèque une certaine pression, à la suite de laquelle les spermatozoïdes en jaillissent et fécondent l'œuf au passage. Cette pression n'aurait pas lieu sur les grandes cellules, et la spermathèque ne s'entrouvrirait point. D'autres, au contraire, sont d'avis que la reine commande réellement aux muscles qui ouvrent ou ferment la spermathèque sur le vagin, et, de fait, ces muscles sont extrêmement nombreux, puissants et compliqués. Sans vouloir décider laquelle de ces deux hypothèses est la meilleure, car plus on va plus on observe, mieux on voit que l'on n'est qu'un naufragé sur l'océan jusqu'ici très inconnu de la nature, mieux on apprend qu'un fait est toujours prêt à surgir du sein d'une vague subitement plus transparente, qui détruit en un instant tout ce que l'on croyait savoir, j'avouerai cependant que je penche pour la seconde. D'abord, les expériences d'un apiculteur bordelais, M. Drory, montrent que si toutes les grandes cellules ont été enlevées de la ruche, la mère, le moment venu de pondre des œufs de mâles, n'hésite pas à les déposer dans des cellules d'ouvrières ; et inversement elle pondra des œufs d'ouvrières dans des cellules de mâles, si l'on n'en a pas laissé d'autres à sa disposition. Ensuite, les belles observations de M. Fabre sur les Osmies, qui sont des abeilles sauvages et solitaires de la famille des Gastrilégides, prouvent à l'évidence que non seulement l'osmie connaît d'avance le sexe de l'œuf! qu'elle pondra, mais que ce sexe est facultatif pour la mère qui le détermine suivant l'espace dont elle dispose, espace fréquemment fortuit et non modifiable établissant ici un mâle, là une femelle. Je n'entrerai pas dans le détail des expériences du grand entomologiste français. Elles sont extrêmement minutieuses et nous entraîneraient trop loin. Mais quelle que soit l'hypothèse acceptée, l'une ou l'autre expliquerait fort bien, en dehors de toute intelligence de l'avenir, la propension de la reine à pondre dans des cellules d'ouvrières. Il est probable que cette mère-esclave que nous sommes portés à plaindre, mais qui est peut-être une grande amoureuse, une grande voluptueuse, éprouve dans l'union du principe mâle et femelle qui s'opère dans son être, une certaine jouissance, et comme un arrière-goût de l'ivresse du vol nuptial unique dans sa vie. Ici encore, la nature, qui n'est jamais si ingénieuse ni si sournoisement prévoyante et diverse que lorsqu'il s'agit des pièges de l'amour, aurait eu soin d'étayer d'un plaisir l'intérêt de l'espèce. Au reste, entendons-nous et ne soyons pas dupe de notre explication. Attribuer ainsi une idée à la nature et croire que cela suffit, c'est jeter une pierre dans un de ces gouffres inexplorables que l'on trouve au fond de certaines grottes, et s'imaginer que le bruit qu'elle produira en y tombant répondra à toutes nos questions et nous révélera autre chose que l'immensité de l'abîme. Quand on répète : la nature veut ceci, organise cette merveille, s'attache à cette fin, cela revient à dire qu'une petite manifestation de vie réussit à se maintenir, tandis que nous nous en occupons, sur l'énorme surface de la matière qui nous semble inactive et que nous appelons, évidemment à tort, le néant ou la mort. Un concours de circonstances qui n'avait rien de nécessaire a maintenu cette manifestation entre mille autres, peut-être aussi intéressantes, aussi intelligentes, mais qui n'eurent pas la même chance et disparurent à jamais sans avoir eu l'occasion de nous émerveiller. Il serait téméraire d'affirmer autre chose, et tout le reste, nos réflexions, notre téléologie obstinée, nos espoirs et nos admirations, c'est au fond de l'inconnu, que nous choquons contre du moins connu encore, pour faire un petit bruit qui nous donne conscience du plus haut degré de l'existence particulière que nous puissions atteindre sur cette même surface muette et impénétrable, comme le chant du rossignol et le vol du condor leur révèlent aussi le plus haut degré d'existence propre à leur espèce. Il n'en reste pas moins, qu'un de nos devoirs les plus certains est de produire ce petit bruit chaque fois que l'occasion s'en présente, sans nous décourager parce qu'il est vraisemblablement inutile.

LIVRE IV   LES JEUNES REINES

I

Fermons ici notre jeune ruche où la vie reprenant son mouvement circulaire s'étale et se multiplie, pour se diviser à son tour dès qu'elle atteindra la plénitude de la force et du bonheur, et rouvrons une dernière fois la cité-mère afin de voir ce qui s'y passe après la sortie de l'essaim. Le tumulte du départ apaisé, et les deux tiers de ses enfants l'ayant abandonnée sans esprit de retour, la malheureuse ville est comme un corps qui a perdu son sang : elle est lasse, déserte, presque morte. Pourtant, quelques milliers d'abeilles y sont restées, qui, inébranlées, mais un peu alanguies, reprennent le travail, remplacent de leur mieux les absentes, effacent les traces de l'orgie, resserrent les provisions mises au pillage, vont aux fleurs, veillent sur le dépôt de l'avenir, conscientes de la mission et fidèles au devoir qu'un destin précis leur impose. Mais si le présent parait morne, tout ce que l'œil rencontre est peuplé d'espérances. Nous sommes dans un de ces châteaux des légendes allemandes où les murs sont formés de milliers de fioles qui contiennent les âmes des hommes qui vont naître.

Nous sommes dans le séjour de la vie qui précède la vie. Il y a là, de toutes parts en suspens dans les berceaux bien clos, dans la superposition infinie des merveilleux alvéoles à six pans, des myriades de nymphes, plus blanches que le lait, qui, les bras repliés et la tête inclinée sur la poitrine, attendent l'heure du réveil. À les voir dans leurs sépultures uniformes, innombrables et presque transparentes, on dirait des gnomes chenus qui méditent, ou des légions de vierges déformées par les plis du suaire, et ensevelies en des prismes hexagones multipliés jusqu'au délire par un géomètre inflexible. Sur toute l'étendue de ces murs perpendiculaires qui renferment un monde qui grandit, se transforme, tourne sur lui-même, change quatre ou cinq fois de vêtements et file son linceul dans l'ombre, battent des ailes et dansent des centaines d'ouvrières, pour entretenir la chaleur nécessaire et aussi pour une fin plus obscure, car leur danse a des trémoussements extraordinaires et méthodiques qui doivent répondre à quelque but qu'aucun observateur n'a, je crois, démêlé. Au bout de quelques jours, les couvercles de ces myriades d'urnes (on en compte, dans une forte ruche, de soixante à quatre-vingt mille), se lézardent, et deux grands yeux noirs et graves apparaissent, surmontés d'antennes qui palpent déjà l'existence autour d'elles, tandis que d'actives mâchoires achèvent d'élargir l'ouverture. Aussitôt, les nourrices accourent, aident à la jeune abeille à sortir de sa prison, la soutiennent, la brossent, la nettoient et lui offrent au bout de leur langue le premier miel de sa nouvelle vie. Elle, qui arrive d'un autre monde, est encore étourdie, un peu pâle, vacillante. Elle a l'air débile d'un petit vieillard échappé de la tombe. On dirait d'une voyageuse couverte de la poussière duveteuse des chemins inconnus qui mènent à la naissance. Du reste, elle est parfaite des pieds à la tête, sait immédiatement tout ce qu'il faut savoir, et, pareille à ces enfants du peuple qui apprennent pour ainsi dire en naissant qu'ils n'auront guère le temps de jouer ni de rire, elle se dirige vers les cellules closes et se met à battre des ailes et à s'agiter en cadence pour réchauffer à son tour ses sœurs ensevelies, sans s'attarder à déchiffrer l'étonnante énigme de son destin et de sa race.

II

Pourtant, les plus fatigantes besognes lui sont d'abord épargnées. Elle ne sort de la ruche que huit jours après sa naissance, pour accomplir son premier "vol de propreté" et remplir d'air ses sacs trachéens qui se gonflent, épanouissent tout son corps et la font, à partir de cette heure, l'épouse de l'espace. Elle rentre ensuite, attend encore une semaine, et alors s'organise, en compagnie de ses sœurs du même âge, sa première sortie de butineuse, au milieu d'un émoi très spécial que les apiculteurs appellent *le soleil d'artifice*. Il faudrait plutôt dire *le soleil d'inquiétude*. On voit en effet qu'elles ont peur, elles qui sont filles de l'ombre étroite et de la foule, on voit qu'elles ont peur de l'abîme azuré et de la solitude infinie de la lumière, et leur joie tâtonnante est tissue de terreurs. Elles se promènent sur le seuil, elles hésitent, elles partent et reviennent vingt fois. Elles se balancent dans les airs, la tête obstinément tournée vers la maison natale, elles décrivent de grands cercles qui s'élèvent et qui, soudain, retombent sous le poids d'un regret, et leurs treize mille yeux interrogent, reflètent et retiennent à la fois les arbres, la fontaine, la grille, l'espalier, les toitures et les fenêtres des environs; jusqu'à ce que la route aérienne sur laquelle elles glisseront au retour soit aussi inflexiblement tracée dans leur mémoire que si deux traits d'acier la marquaient dans l'éther. Voici un nouveau mystère. Interrogeons-le comme les autres, et s'il se tait comme eux son silence agrandira du moins de quelques arpents nébuleux, mais ensemencés de bonne volonté, le champ de notre ignorance consciente, qui est le plus fertile que notre activité possède. Comment les abeilles retrouvent-elles leur demeure, que, parfois, il est impossible qu'elles voient, qui souvent est cachée sous les arbres et dont l'entrée où elles abordent, n'est, en tout cas, qu'un point imperceptible dans l'étendue sans bornes? Comment se fait-il que transportées dans une boite à deux ou trois kilomètres de la ruche, il est extrêmement rare qu'elles s'égarent? La distinguent-elles à travers les obstacles? Est-ce à l'aide de points de repère qu'elles s'orientent, ou bien possèdent-elles ce sens particulier et mal connu que nous attribuons à certains animaux, aux hirondelles et aux pigeons, par exemple, et qu'on appelle *le sens de la direction ?* Les expériences de J. Fabre, de Lubbock et surtout celles de M. Romanes (*Nature* 29 octobre 1886) semblent établir qu'elles ne sont pas guidées par cet instinct étrange. D'autre part, j'ai plus d'une fois constaté qu'elles ne font guère attention à la forme ou à la couleur de la ruche. Elles paraissent s'attacher davantage à l'aspect coutumier du plateau sur lequel repose leur maison, à la disposition de l'entrée et de la planchette d'abordage. *(La planchette d'abordage, qui n'est souvent que le prolongement du tablier ou plateau sur, lequel est posée la ruche, forme une sorte de perron, de palier ou de repos, devant l'entrée principale ou trou de vol.).* Mais cela même est accessoire, et si, pendant l'absence des butineuses, on modifie de fond en comble la façade de leur demeure, elles n'y reviendront pas moins directement des profondeurs de l'horizon, et ne manifesteront quelque hésitation qu'au moment de franchir le seuil méconnaissable. Leur méthode d'orientation, autant que nos expériences permettent d'en juger, paraît plutôt basée sur un repérage extraordinairement minutieux et précis. Ce n'est pas la ruche qu'elles reconnaissent, c'est, à trois ou quatre millimètres près, sa position par rapport aux objets d'alentour. Et ce repérage est si merveilleux, si mathématiquement sûr et si profondément inscrit en leur mémoire, qu'après cinq mois d'hivernage dans une cave obscure, si l'on remet la ruche sur son plateau, mais un peu plus à droite ou à gauche qu'elle n'était, toutes les ouvrières, à leur retour des premières fleurs, aborderont d'un vol imperturbable et rectiligne au point précis qu'elle occupait l'année précédente, et ce ne sera qu'en tâtonnant qu'elles retrouveront enfin la porte déplacée. On croirait que l'espace a précieusement conservé tout l'hiver la trace indélébile de leurs trajectoires, el que leur petit sentier laborieux est resté gravé dans le ciel. Aussi, quand on déplace une ruche, beaucoup d'abeilles se perdent-elles, à moins qu'il ne s'agisse d'un grand voyage et que tout le paysage qu'elles connaissent parfaitement jusqu'à trois ou quatre kilomètres à la ronde ne soit transformé, à moins encore qu'on n'ait soin de mettre une planchette, un débris de tuile, un obstacle quelconque devant le "trou de vol", qui les avertisse que quelque chose est changé, et leur permette de s'orienter à nouveau et de refaire leur point.

III

Cela dit, rentrons dans la cité qui se repeuple, où la multitude des berceaux ne cesse de s'ouvrir, où la substance même des murs se met en mouvement. Toutefois cette cité n'a pas encore de reine. Sur les bords d'un des rayons du centre, s'élèvent sept ou huit édifices bizarres qui font songer, parmi la plaine raboteuse des cellules ordinaires, aux protubérances et aux cirques qui rendent si étranges les photographies de la Lune. Ce sont des espèces de capsules de cire rugueuse ou de glands inclinés et parfaitement clos, qui occupent la place de trois ou quatre alvéoles d'ouvrières. Ils sont habituellement groupés sur un même point, et une garde nombreuse et singulièrement inquiète et attentive, veille sur la région où flotte on ne sait quel prestige. C'est là que se forment les mères. Dans chacune de ces capsules, avant le départ de l'essaim, un œuf, en tout pareil à ceux dont sortent les travailleuses a été déposé, soit par la mère elle-même, soit plus probablement, bien qu'on n'ait pu s'en assurer, par les nourrices qui l'y transportent de quelque berceau voisin. Trois jours après, se dégage de l'œuf une petite larve à laquelle on prodigue une nourriture particulière et aussi abondante que possible; et voici que nous pouvons saisir un à un les mouvements d'une de ces méthodes magnifiquement vulgaires de la nature, que nous couvririons, s'il s'agissait des hommes, du nom auguste de la Fatalité. La petite larve, grâce à ce régime, prend un développement exceptionnel, et ses idées, en même temps que son corps, se modifient au point que l'abeille qui en naît semble appartenir à une race d'insectes entièrement différente. Elle vivra quatre ou cinq ans au lieu de six ou sept semaines. Son abdomen sera deux fois plus long, sa couleur plus dorée et plus claire, et son aiguillon recourbé. Ses yeux ne compteront que huit ou neuf mille facettes au lieu de douze ou treize mille. Son cerveau sera plus étroit, mais ses ovaires deviendront énormes et elle possédera un organe spécial, la spermathèque, qui la rendra pour ainsi dire hermaphrodite. Elle n'aura aucun des outils d'une vie laborieuse : ni pochettes à sécréter la cire, ni brosses, ni corbeilles pour récolter le pollen. Elle n'aura aucune des habitudes, aucune des passions que nous croyons inhérentes à l'abeille. Elle n'éprouvera ni le désir du soleil ni le besoin de l'espace, et mourra sans avoir visité une fleur. Elle passera son existence dans l'ombre et l'agitation de la foule, à la recherche infatigable de berceaux à peupler. En revanche, elle connaîtra seule l'inquiétude de l'amour. Elle n'est pas sûre d'avoir deux moments de lumière dans sa vie — car la sortie de l'essaim n'est pas inévitable, — peut-être ne fera-t-elle qu'une fois usage de ses ailes, mais ce sera pour voler à la rencontre de l'amant. Il est curieux de voir que tant de choses, des organes, des idées, des désirs, des habitudes, toute une destinée, se trouvent ainsi en suspens, non pas dans une semence — Se serait le miracle ordinaire de la plante, de l'animal et de l'homme, — mais dans une substance étrangère et inerte : dans une goutte de miel. *(Certains apidologues soutiennent qu'ouvrières et reines, après l'éclosion de l'œuf, reçoivent la même nourriture, une sorte de lait très riche en azote, que sécrète une glande spéciale dont est pourvue la tête des nourrices. Mais au bout de quelques jours les larves d'ouvrières sont sevrées et mises au régime plus grossier du miel et du pollen, au lieu que la future reine est gorgée jusqu'à son complet développement, du lait précieux qu'on a appelé "bouillie royale". Quoi qu'il en soit, le résultat et le miracle sont pareils).*

IV

Environ une semaine s'est écoulée depuis le départ de la vieille reine. Les nymphes princières qui dorment dans les capsules ne sont pas toutes du même âge, car il est de l'intérêt des abeilles que les naissances royales se succèdent à mesure qu'elles décideront qu'un deuxième, qu'un troisième ou même qu'un •quatrième essaim sortira de la ruche. Depuis quelques heures elles ont graduellement aminci les parois de la capsule la plus mûre, et bientôt la jeune reine, qui de l'intérieur rongeait en même temps le couvercle arrondi, montre la tête, sort à demi, et, aidée des gardiennes qui accourent, qui la brossent, la nettoient, la caressent, elle se dégage et fait ses premiers pas sur le rayon. Comme les ouvrières qui viennent de naître, elle est pâle et chancelante, mais au bout d'une dizaine de minutes ses jambes s'affermissent, et inquiète, sentant qu'elle n'est pas seule, qu'il lui faut conquérir son royaume, que des prétendantes sont cachées quelque part, elle parcourt les murailles de cire, à la recherche de ses rivales. Ici, la sagesse, les décisions mystérieuses de l'instinct, de l'esprit de la ruche, ou de l'assemblée des ouvrières interviennent. Le plus surprenant, quand on suit de l'œil, dans une ruche vitrée, la marche de ces événements, c'est qu'on n'observe jamais la moindre hésitation, la moindre division. On ne trouve aucun signe de discorde ou de discussion. Une unanimité préétablie règne seule, c'est l'atmosphère de la ville, et chacune des abeilles parait savoir d'avance ce que toutes les autres penseront. Cependant le moment est pour elles des plus graves : c'est, à proprement parler, la minute vitale de la cité. Elles ont à choisir entre trois ou quatre partis qui auront des conséquences lointaines, totalement différentes et qu'un rien peut rendre funestes. Elles ont à concilier la passion ou le devoir inné de la multiplication de l'espèce avec la conservation de la souche et de ses rejetons. Quelquefois elles se trompent, elles jettent successivement trois ou quatre essaims qui épuisent complètement la cité-mère et qui, trop faibles eux-mêmes pour s'organiser assez vite, surpris par notre climat qui n'est pas leur climat d'origine dont les abeilles gardent malgré tout la mémoire, succombent à l'entrée de l'hiver. Elles sont alors victimes de ce qu'on nomme, "la fièvre d'essaimage" qui est, comme la fièvre ordinaire, une sorte de réaction trop ardente de la vie, réaction qui dépasse le but, ferme le cercle et retrouve la mort.

V

Aucune des décisions qu'elles vont prendre ne paraît s'imposer, et l'homme, s'il reste simplement spectateur, ne peut prévoir celle qu'elles choisiront. Mais ce qui marque que ce choix est toujours raisonné, c'est qu'il peut l'influencer, le déterminer même, en modifiant certaines circonstances, on rétrécissant ou agrandissant par exemple l'espace qu'il accorde, en enlevant des rayons pleins de miel pour y substituer des rayons vides, mais garnis de cellules d'ouvrières. Il s'agit donc qu'elles sachent non pas si elles jetteront tout de suite un deuxième et un troisième essaim — il n'y aurait là, pourrait-on dire, qu'une décision aveugle qui obéirait aux caprices ou aux sollicitations étourdies d'une heure favorable, — il s'agit qu'elles prennent dès l'instant et à l'unanimité, des mesures qui leur permettront de jeter un deuxième essaim trois ou quatre jours après la naissance de la première reine, et un troisième trois jours après la sortie de la jeune reine à la tête du deuxième essaim. On ne saurait nier qu'on rencontre ici tout un système, toute une combinaison de prévisions, qui embrassent un temps considérable, surtout si on le compare à la brièveté de leur vie.

VI

Ces mesures concernent la garde des jeunes reines encore ensevelies dans leurs prisons de cire. Je suppose que les abeilles jugent plus sage ne pas jeter un second essaim. Ici encore, deux partis sont possibles. Permettront-elles à la première née des vierges royales, à celle que nous avons vue éclore, de détruire ses sœurs ennemies, ou bien attendront-elles qu'elle ait accompli la dangereuse cérémonie du "vol nuptial" dont peut dépendre l'avenir de la nation ? Souvent elles autorisent le massacre immédiat; souvent aussi elles s'y opposent, mais on comprend qu'il est difficile de démêler si c'est en prévision d'un deuxième essaimage, ou des périls du "vol nuptial", car on a plus d'une fois observé qu'après avoir décrété le deuxième essaimage, elles y renonçaient brusquement, et détruisaient toute la descendance prédestinée, soit que le temps fut devenu moins propice, soit pour toute autre cause que nous ne pouvons pénétrer. Mais prenons qu'elles aient jugé bon

40

de renoncer à l'essaimage et d'accepter les risques du "vol nuptial". Quand notre jeune reine, poussée par son désir, s'approche de la région des grands berceaux, la garde s'ouvre à son passage. Elle, en proie à sa jalousie furieuse, se précipite sur la première capsule qu'elle rencontre, et des pattes, et des dents, s'évertue à déchirer la cire. Elle y parvient, arrache violemment le cocon qui tapisse la demeure, dénude la princesse endormie, et, si sa rivale est déjà reconnaissable, elle se retourne, introduit son aiguillon dans le godet, et frénétiquement la darde jusqu'à ce que la captive succombe sous les coups de l'arme venimeuse. Alors elle s'apaise, satisfaite par la mort qui met une borne mystérieuse à la haine de tous les êtres, rentre son aiguillon, s'attaque à une autre capsule, l'ouvre, pour passer outre si elle n'y trouve qu'une larve ou une nymphe imparfaite, et ne s'arrête qu'au moment où haletante, exténuée, ses ongles et ses dents glissent sans force sur les parois de cire. Les abeilles autour d'elle, regardent sa colère sans y prendre part, s'écartent pour lui laisser le champ libre; mais, à mesure qu'une cellule est perforée et dévastée, elles accourent, en retirent et jettent hors de la ruche le cadavre, la larve encore vivante ou la nymphe violée, et se gorgent avidement de la précieuse bouillie royale qui remplit le fond de l'alvéole. Puis, quand leur reine épuisée abandonne sa fureur, elles achèvent elles-mêmes le massacre des innocentes, et la race et les maisons souveraines disparaissent. C'est, avec l'exécution des mâles, qui d'ailleurs est plus excusable, l'heure affreuse de la ruche, la seule où les ouvrières permettent à la discorde et à la mort d'envahir leurs demeures. Et, comme il arrive souvent dans la nature, ce sont les privilégiées de l'amour qui attirent sur elles les traits extraordinaires de la mort violente. Parfois, mais le cas est rare, car les abeilles prennent des précautions pour l'éviter, parfois deux reines éclosent simultanément. Alors, c'est au sortir du berceau le combat immédiat et mortel dont Huber a le premier signalé une particularité assez étrange : chaque fois que, dans leurs passes, les deux vierges aux cuirasses de chitine se mettent dans une position telle qu'en tirant leur aiguillon elles se perceraient réciproquement, comme dans les combats de l'Iliade on dirait qu'un dieu ou une déesse, qui est peut-être le dieu ou la déesse de la race, s'interpose, et les deux guerrières, prises d'épouvantes qui s'accordent, se séparent et se fuient, éperdues, pour se rejoindre peu après, se fuir encore si le double désastre menace de nouveau l'avenir de leur peuple, jusqu'à ce que l'une d'elles réussisse à surprendre sa rivale imprudente ou maladroite, et à la tuer sans danger, car la loi de l'espèce n'exige qu'un sacrifice.

VII

Lorsque la jeune souveraine a ainsi détruit les berceaux ou tué sa rivale, elle est acceptée par le peuple, et il ne lui reste plus, pour régner véritablement et se voir traitée comme l'était sa mère, qu'à accomplir son vol nuptial, car les abeilles ne s'en occupent guère et lui rendent peu d'hommages tant qu'elle est inféconde. Mais souvent son histoire est moins simple, et les ouvrières renoncent rarement au désir d'essaimer une seconde fois. Dans ce cas, comme dans l'autre, portée d'un même dessein, elle s'approche des cellules royales, mais, au lieu d'y trouver des servantes soumises et des encouragements, elle se heurte à une garde nombreuse et hostile qui lui barre la route. Irritée, et menée par son idée fixe, elle veut forcer ou tourner le passage, mais rencontre partout les sentinelles, qui veillent sur les princesses endormies. Elle s'obstine, elle revient à la charge, on la repousse de plus en plus âprement, on la maltraite même, jusqu'à ce qu'elle comprenne d'une manière informe que ces petites ouvrières inflexibles représentent une loi à laquelle l'autre loi qui l'anime doit céder. Elle s'éloigne enfin, et sa colère inassouvie promène de rayon en rayon, y faisant retentir ce chant de guerre ou cette plainte menaçante que tout apiculteur connaît, qui ressemble au son d'une trompette argentine et lointaine, et qui est si puissant dans sa faiblesse courroucée qu'on l'entend, surtout le soir, à trois ou quatre mètres de distance, à travers les doubles parois de la ruche la mieux close. Ce cri royal a sur les ouvrières une influence magique. Il les plonge dans une sorte de terreur ou de stupeur respectueuse, et quand la reine le pousse sur les cellules défendues, les gardiennes qui l'entourent et la tiraillent s'arrêtent brusquement, baissent la tête, et attendent, immobiles, qu'il cesse de retentir. On croit d'ailleurs que c'est grâce au prestige de ce cri qu'il imite, que le Sphinx Tête de mort pénètre dans nos ruches et s'y gorge de miel, sans que les abeilles songent à l'attaquer. Deux ou trois jours durant, parfois cinq, ce gémissement outragé erre ainsi et appelle au combat les prétendantes protégées. Cependant celles-ci se développent, veulent voir à leur tour la lumière et se mettent à ronger les couvercles de leurs cellules. Un grand désordre menace la république. Mais le génie de la ruche, en prenant sa décision en a prévu toutes les conséquences, et les gardiennes bien instruites savent heure par heure ce qu'il faut faire pour parer aux surprises d'un instinct contrarié et pour mener au but deux forces opposées. Elles n'ignorent point que si les jeunes reines qui demandent à naître parvenaient à s'échapper, elles tomberaient aux mains de leur ainée déjà invincible, qui les détruirait une à une. Aussi, à mesure qu'une des emmurées amincit intérieurement les portes de sa tour, elles les recouvrent en dehors d'une nouvelle couche de cire, et l'impatiente s'acharne à son travail sans se douter qu'elle ronge un obstacle enchanté qui renaît de sa ruine. Elle entend en même temps les provocations de sa rivale, et, connaissant sa destinée et son devoir royal avant même qu'elle ait pu jeter un regard sur la vie et savoir ce que c'est qu'une ruche, elle y répond héroïquement du fond de sa prison. Mais comme son cri doit percer les parois d'une tombe, il est très différent, étouffé, caverneux, et l'éleveur d'abeilles qui s'en vient vers le soir, lorsque les bruits se couchent dans la campagne, et que s'élève le silence des étoiles, interroger l'entrée des cités merveilleuses, reconnaît et comprend ce qu'annonce le dialogue de la vierge qui erre et des vierges captives.

VIII

Cette réclusion prolongée est d'ailleurs favorable aux jeunes vierges, qui en sortent mûries, déjà vigoureuses et prêtes à prendre l'essor. D'autre part, l'attente a raffermi la reine libre et l'a mise à même d'affronter les périls du voyage. Le second essaim ou essaim secondaire quitte alors la demeure, ayant à sa tête la première née des reines. Immédiatement après son départ, les ouvrières restées dans la ruche délivrent une des prisonnières qui recommence les mêmes tentatives meurtrières, pousse les mêmes cris de colère, pour quitter la ruche à son tour, trois jours après, à la tête du troisième essaim, et ainsi de suite, en cas de fièvre d'essaimage, jusqu'à l'épuisement complet de la cité-mère. Swammerdam cite une ruche qui, par ses essaims et les essaims de ses essaims, produisit ainsi trente colonies en une seule saison. Cette multiplication extraordinaire s'observe surtout après les hivers désastreux, comme si les abeilles, toujours en contact avec les volontés secrètes de la nature, avaient conscience du danger qui menace l'espèce. Mais, en temps normal, cette fièvre est assez rare dans les ruchées fortes et bien gouvernées. Beaucoup n'essaiment qu'une fois, plusieurs même n'essaiment pas du tout. D'habitude, après le deuxième essaim, les abeilles renoncent à se diviser davantage, soit qu'elles remarquent l'affaiblissement excessif de la souche, soit qu'un trouble du ciel leur dicte la prudence. Elles permettent alors à la troisième reine de massacrer les captives, et la vie ordinaire reprend et se réorganise avec d'autant plus d'ardeur que presque toutes les ouvrières sont très jeunes, que la ruche est appauvrie et dépeuplée, et qu'il y a de grands vides à remplir avant l'hiver.

IX

La sortie du deuxième et du troisième essaim ressemble à celle du premier, et toutes les circonstances sont pareilles, à cela près que les abeilles y sont moins nombreuses, que la troupe et moins circonspecte et n'a pas d'éclaireurs, et que la jeune reine, vierge, ardente et légère, vole beaucoup plus loin et dès la première étape entraîne tout son monde à-une grande distance de la ruche. Joignez-y que cette deuxième, cette troisième émigration sont bien plus téméraires et que le sort de ces colonies errantes est assez hasardeux. Elles n'ont à leur tête, pour représenter l'avenir, qu'une reine inféconde. Tout leur destin dépend du vol nuptial qui va s'accomplir. Un oiseau qui passe, quelques gouttes de pluie, un vent froid, une erreur, et le désastre est sans remède. Les abeilles le savent si bien que, l'abri trouvé, malgré leur attachement déjà solide à leur demeure d'un jour, malgré les travaux commencés, souvent elles abandonnent tout pour accompagner leur jeune souveraine dans sa recherche de l'amant, pour ne pas la quitter des yeux, pour l'envelopper et la voiler de milliers d'ailes dévouées, ou se perdre avec elle quand l'amour l'a égaré si loin de la ruche nouvelle, que la route encore inaccoutumée du retour vacille et se disperse dans toutes les mémoires.

X

Mais la loi de l'avenir est si forte qu'aucune abeille n'hésite devant ces incertitudes et ces périls de mort. L'enthousiasme des essaims secondaires et tertiaires est égal à celui du premier. Lorsque la cité-mère a pris sa décision, chacune des jeunes reines dangereuses trouve une bande d'ouvrières pour suivre sa fortune et l'accompagner dans ce voyage, où beaucoup est à perdre et rien à gagner que l'espérance d'un instinct satisfait. Qui leur donne cette énergie, que nous n'avons jamais, à rompre avec le passé comme avec un ennemi? Qui choisit dans la foule celles qui doivent partir, et qui marque celles qui resteront? Ce n'est pas telle ou telle classe qui s'en va ou demeure, — par ici les plus jeunes, par là les plus âgées ; — autour de chaque reine qui ne reviendra plus, se pressent de très vieilles butineuses, en même temps que de petites ouvrières qui affrontent pour la première fois le vertige de l'azur. Ce n'est pas davantage le hasard, l'occasion, l'élan ou l'affaissement passager d'une pensée, d'un instinct ou d'un sentiment qui augmente ou réduit la force proportionnelle de l'essaim. Je me suis, à maintes reprises, appliqué à évaluer le rapport du nombre des abeilles qui le composent à celui des abeilles qui demeurent; et bien que les difficultés de l'expérience ne permettent guère d'arriver à une précision mathématique, j'ai pu constater que ce rapport, si l'on tient compte du couvain, c'est-à-dire des naissances prochaines, était assez constant pour qu'il suppose un véritable et mystérieux calcul de la part du génie de la ruche.

XI

Nous ne suivrons pas les aventures de ces essaims. Elles sont nombreuses et souvent compliquées. Quelquefois, deux essaims se mêlent; d'autrefois, dans le branle-bas du départ, deux ou trois des reines prisonnières échappent à la surveillance des gardiennes et rejoignent la grappe qui se forme. Parfois encore, une des jeunes reines, environnée de mâles, profite du vol d'essaimage pour se faire féconder, et entraîne alors tout son peuple à une hauteur et à une distance extraordinaires. Dans la pratique de l'apiculture, on rend toujours à la souche ces essaims secondaires et tertiaires. Les reines se retrouvent dans la ruche, les ouvrières se rangent autour de leurs combats, et, lorsque la meilleure a triomphé, ennemies du désordre, avides de travail, elles expulsent les cadavres, ferment la porte aux violences de l'avenir, oublient le passé, remontent aux cellules, et reprennent le paisible sentier des fleurs qui les attendent.

XII

Afin de simplifier notre récit, renouons où nous l'avions coupé l'histoire de la reine à qui les abeilles permirent de massacrer ses sœurs dans leurs berceaux. Ce massacre je l'ai dit, elles s'y opposent souvent, alors même qu'elles ne semblent pas nourrir l'intention de jeter un second essaim. Souvent aussi elles l'autorisent, car l'esprit politique des ruches d'un même rucher est aussi divers que celui des nations humaines d'un même continent. Mais il est certain qu'en l'autorisant elles commettent une imprudence. Si la reine périt ou s'égare dans son vol nuptial, il ne reste personne pour la remplacer, et les larves d'ouvrières ont passé l'âge de la transformation royale. Mais enfin, l'imprudence est faite, et voilà notre première éclose, souveraine unique et reconnue dans la pensée du peuple. Cependant elle est encore vierge. Pour devenir semblable à la mère qu'elle remplace, il faut qu'elle rencontre le mâle dans les vingt premiers jours qui suivent sa naissance. Si, pour une cause quelconque, cette rencontre est retardée, sa virginité devient irrévocable. Néanmoins, nous l'avons vu, quoique vierge, elle n'est pas stérile. Nous rencontrons ici cette grande anomalie, cette précaution ou ce caprice étonnant de la nature qu'on nomme la parthénogenèse, et qui est commun à un certain nombre d'insectes, les Pucerons, les Lépidoptères du genre Psyché, les Hyménoptères de la tribu des Cynipides, etc. La reine-vierge est donc capable de pondre comme si elle avait été fécondée, mais de tous les œufs qu'elle pondra, dans les cellules grandes ou petites, ne naîtront que des mâles, et comme les mâles ne travaillent jamais, qu'ils vivent aux dépens des femelles, qu'ils ne vont même pas butiner pour leur propre compte et ne peuvent pourvoir à leur subsistance, c'est au bout de quelques semaines, après la mort des dernières ouvrières exténuées, la ruine et l'anéantissement total de la colonie. De la vierge sortiront des milliers de mâles, et chacun de ces mâles possédera des millions de ces spermatozoïdes dont pas un n'a pu pénétrer dans son organisme. Cela n'est pas plus surprenant, si l'on veut, que mille autres phénomènes analogues, car au bout de peu de temps, quand on se penche sur ces problèmes, notamment sur ceux de la génération où le merveilleux et l'inattendu jaillissent de toutes parts et bien plus abondamment, bien moins humainement surtout que dans les contes de fées les plus miraculeux, la surprise est si habituelle qu'on en perd assez vite la notion. Mais le fait n'en était pas moins curieux à signaler. D'autre part, comment tirer au clair le but de la nature qui favorise ainsi les mâles, si funestes, au détriment des ouvrières, si nécessaires? Craint-elle que l'intelligence des femelles ne les porte à réduire outre mesure le nombre de ces parasites ruineux, mais indispensables au maintien de l'espèce? Est-ce par une réaction exagérée contre le malheur de la reine inféconde? Est-ce une de ces précautions trop violentes et aveugles qui ne voient pas la cause du mal, dépassent le remède, et pour prévenir un accident fâcheux amène une catastrophe? — Dans la réalité — mais n'oublions pas que cette réalité n'est pas tout à fait la réalité naturelle et primitive, car dans la forêt originelle les colonies devaient être

43

bien plus dispersées qu'elles ne le sont aujourd'hui, — dans la réalité, quand une reine n'est pas fécondée, ce n'est presque jamais faute de mâles, qui sont toujours nombreux et viennent de fort loin. C'est plutôt le froid ou la pluie qui la retient trop longtemps dans la ruche, et plus souvent encore ses ailes imparfaites qui l'empêchent d'accompagner le grand essor que demande l'organe du faux-bourdon. Néanmoins, la nature, sans tenir compte de ces causes plus réelles, se préoccupe passionnément de la multiplication des mâles. Elle brouille encore d'autres lois afin d'en obtenir, et l'on trouve parfois dans les ruchées orphelines deux ou trois ouvrières pressées d'un tel désir de maintenir l'espèce, que, malgré leurs ovaires atrophiés, elles s'efforcent de pondre, voient leurs organes s'épanouir un peu sous l'empire d'un sentiment exaspéré, parviennent à déposer quelques œufs ; mais de ces œufs, comme de ceux de la vierge mère, ne sortent que des mâles.

XIII

Nous prenons ici sur le fait, dans son intervention, une volonté supérieure, mais peut-être imprudente, qui contrarie irrésistiblement la volonté intelligente d'une vie. De pareilles interventions sont assez fréquentes dans le monde des insectes. Il est curieux de les y étudier. Ce monde étant plus peuplé, plus complexe que les autres, souvent on y saisit mieux certains désirs, de la nature, et on y surprend au milieu d'expériences qu'on pourrait croire inachevées. Elle a, par exemple, un grand désir général, qu'elle manifeste partout, — à savoir : l'amélioration de chaque espèce par le triomphe du plus fort. D'habitude la lutte est bien organisée. L'hécatombe des faibles est énorme, cela importe peu pourvu que la récompense du vainqueur soit efficace et sûre. Mais il est des cas où l'on dirait qu'elle n'a pas encore eu le temps de débrouiller ses combinaisons, que la récompense est impossible, où le sort du vainqueur est aussi funeste que celui des vaincus. Et pour ne pas quitter nos abeilles, je ne sache rien de plus frappant sous ce rapport que l'histoire des triongulins du Sitaris Colletis. On verra du reste que plusieurs détails de celle histoire ne sont pas aussi étrangers à celle de l'homme, qu'on serait tenté de le croire. Ces triongulins sont les larves primaires d'un parasite propre à une abeille sauvage, et solitaire, la Colleté ou Collétès, qui bâtit son nid en des galeries souterraines. Ils guettent l'abeille à l'entrée de ces galeries, et au nombre de trois, quatre, cinq, et souvent davantage, s'accrochent à ses poils, et s'installent sur son dos. Si la lutte des forts contre les faibles avait lieu à ce moment, il n'y aurait rien, à dire et tout se passerait selon la loi universelle. Mais, on ne sait pourquoi, leur instinct veut, et par conséquent la nature ordonne qu'ils se tiennent tranquilles tant qu'ils sont sur le dos de l'abeille. Pendant qu'elle visite les fleurs, qu'elle maçonne et approvisionne ses cellules, ils attendent patiemment leur heure. — Mais sitôt qu'un œuf est pondu tous sautent dessus, et l'innocente Collète referme soigneusement la cellule bien pourvue de vivres, sans se douter qu'elle y emprisonne en même temps la mort de sa progéniture. La cellule close, l'inévitable et salutaire de la sélection naturelle commence aussitôt entre les triongulins autour de l'œuf unique. Le plus fort, le plus habile, saisit son adversaire au défaut de la cuirasse, l'élève au-dessus de sa tête et le maintien ainsi dans ses mandibules des heures entières, jusqu'à ce qu'il expire. Mais pendant la bataille un autre triongulin resté seul ou déjà vainqueur de son rival, s'est emparé de l'œuf et l'a entamé. Il faut alors que le dernier vainqueur vienne à bout de ce nouvel ennemi, ce qui lui est facile, car le triongulin qui assouvit une faim prénatale, s'attache si obstinément à son œuf, qu'il ne songe pas à se défendre. Enfin le voilà massacré et l'autre se trouve seul en présence de l'œuf si précieux et si bien gagné. Il plonge avidement la tête dans l'ouverture pratiquée par son prédécesseur et entreprend le long repas qui doit le transformer en insecte parfait, et lui fournir les outils nécessaires pour sortir de la cellule où il est séquestré. Mais la nature, qui veut cette épreuve de la lutte, a, d'autre part, calculé le prix de son triomphe avec une précision si avare, qu'un œuf suffit tout juste à la nourriture d'un seul triongulin. "De sorte, dit M. Mayet, à qui nous devons le récit de ces déconcertantes mésaventures, de sorte qu'à notre vainqueur manque toute la nourriture que son dernier ennemi a absorbée avant de mourir, et, incapable de subir la première mue, il meurt à son tour, reste suspendu à la peau de l'œuf, ou va augmenter dans le liquide sucré le nombre des noyés."

XIV

Ce cas, bien qu'il soit rarement aussi clair, n'est pas unique dans l'histoire naturelle. On y voit à nu la lutte entre la volonté consciente du triongulin qui entend vivre et la volonté obscure et générale de la nature, qui désire également qu'il vive et même qu'il fortifie et améliore sa vie plus que sa volonté propre ne le pousserait à le faire. Mais, par une inadvertance étrange, l'amélioration imposée supprime la vie même du

44

meilleur, et le *Sitaris Colletis* aurait depuis longtemps disparu, si des individus, isolés par un hasard contraire aux intentions de la nature, n'échappaient ainsi à l'excellente et prévoyante loi qui exige partout le triomphe des plus forts. Il arrive donc que la grande puissance qui nous semble inconsciente, mais nécessairement sage, puisque la vie qu'elle organise et qu'elle maintient lui donne toujours raison, il arrive donc qu'elle tombe dans l'erreur? Sa raison suprême, que nous invoquons quand nous atteignons les limites de la nôtre, aurait donc des défaillances? Et si elle en a, qui les redresse? Mais revenons à son intervention irrésistible qui prend la forme de la parthénogenèse. Ne l'oublions point, ces problèmes que nous rencontrons dans un monde qui paraît très éloigné du nôtre, nous touchent de fort près. D'abord, il est probable qu'en notre propre corps, qui nous rend si vains, tout se passe de la même façon. La volonté ou l'esprit de la nature opérant en notre estomac, en notre cœur et dans la partie inconsciente de notre cerveau, ne doit guère différer de l'esprit ou de la volonté qu'elle a mis dans les animaux les plus rudimentaires, les plantes et les minéraux mêmes. Ensuite, qui oserait affirmer que des interventions plus secrètes mais non moins dangereuses ne se produisent jamais dans la sphère consciente de l'homme? Dans le cas qui nous occupe, qui a raison, en fin de compte, de la nature ou de l'abeille? Qu'arriverait-il si celle-ci, plus docile ou plus intelligente, comprenant trop parfaitement le désir de la nature, le suivait à l'extrême, et puisqu'elle demande impérieusement des mâles, les multipliait à l'infini? Ne risquerait-elle pas de détruire son espèce? Faut-il croire qu'il y ait des intentions de la nature qu'il soit dangereuses de saisir et funestes de suivre avec trop d'ardeur, et qu'un de ses désirs souhaite qu'on ne pénètre et qu'on ne suive pas tous ses désirs ? N'est-ce point-là, peut-être, un des périls que court la race humaine? Nous aussi nous sentons en nous des forces inconscientes, qui veulent tout le contraire de ce que notre intelligence réclame. Est-il bon que cette intelligence, qui pour l'ordinaire, après avoir fait le tour d'elle-même, ne sait plus où aller, est-il bon qu'elle rejoigne ces forces et y ajoute un poids inattendu?

XV

Avons-nous le droit de conclure du danger de la parthénogenèse que la nature ne sait pas toujours proportionner les moyens à la fin, que ce qu'elle entend maintenir se maintient parfois grâce à d'autres précautions qu'elle a prises contre ses précautions mêmes, et souvent aussi par des circonstances étrangères qu'elle n'a point prévues? Mais prévoit-elle, entend-elle maintenir quelque chose? La nature, dira-t-on, c'est un mot dont nous couvrons l'inconnaissable, et peu de faits décisifs autorisent à lui attribuer un but ou une intelligence. Il est vrai. Nous manions ici les vases hermétiquement clos qui meublent notre conception de l'univers. Pour n'y pas mettre invariablement l'inscription *Inconnu* qui décourage et impose le silence, nous y gravons, selon la forme et la grandeur, les mois : "Nature", "Vie", "Mort", "Infini", "Sélection", "Génie de l'Espèce", et bien d'autres, comme ceux qui nous précédèrent y fixèrent les noms de : " Dieu", de "Providence", de "Destin", de "Récompense", etc. C'est cela si l'on veut, et rien davantage. Mais si le dedans demeure obscur, du moins y avons-nous gagné que les inscriptions étant moins menaçantes nous pouvons approcher des vases, les toucher et y appliquer l'oreille avec une curiosité salutaire. Mais quelque nom qu'on y attache, il est certain qu'à tout le moins l'un de ces vases, le plus grand, celui qui porte sur ses flancs le mot: "Nature", renferme une force très réelle, la plus réelle de toutes, et qui sait maintenir sur notre globe une quantité et une qualité de vie, énorme et merveilleuse, par des moyens si ingénieux que l'on peut dire sans exagération qu'ils passent tout ce que le génie de l'homme est capable d'organiser. Cette qualité et cette quantité se maintiendraient-elles par d'autres moyens? Est-ce nous qui nous trompons en croyant voir des précautions là où il n'y a peut-être qu'un hasard fortuné qui survit à un million de hasards malheureux?

XVI

Il se peut; mais ces hasards fortunés nous donnent pour lors des leçons d'admiration, qui égalent celles que nous trouverions au-dessus du hasard. Ne regardons pas seulement les êtres qui ont une lueur d'intelligence ou de conscience et qui peuvent lutter contre les lois aveugles, ne nous penchons même pas sur les premiers représentants nébuleux du règne animal qui commence : les Protozoaires. Les expériences du célèbre microscopiste M. H. J. Carter, F. R. S., montrent, en effet, qu'une volonté, des désirs, des préférences se manifestent déjà dans des embryons aussi infimes que les myxomycètes, qu'il y a des mouvements de ruse dans des infusoires privés de tout organisme apparent, tels que l'*Amœba* qui guette avec une sournoise patience les Acinèles à la sortie de l'ovaire maternel, parce qu'elle sait qu'à ce moment elles n'ont pas encore de tentacules vénéneuses. Or, l'*Amœba* ne possède ni système nerveux, ni organe d'aucune espèce que l'on puisse observer. Allons directement aux végétaux qui sont immobiles et semblent soumis à toutes les fatalités, et sans nous arrêter aux plantes carnivores, aux *Droseras* par exemple, qui agissent réellement comme les animaux, étudions plutôt le génie déployé par telles de nos fleurs les plus simples pour que la visite d'une abeille entraine inévitablement la fécondation croisée qui leur est nécessaire. Voyons le jeu miraculeusement combiné du rostellum, des rétinacles, de l'adhérence et de l'inclinaison mathématique et automatique des pollinies dans l'orchis Morio, l'humble orchidée de nos contrées; démontons la double bascule infaillible des anthères de la sauge, qui viennent toucher à tel endroit le corps de l'insecte visiteur, pour qu'à son tour il touche à tel endroit précis le stigmate d'une fleur voisine; suivons aussi les déclenchements successifs et les calculs du stigmate du *Pedicularis Sylvatica*, voyons à, l'entrée de l'abeille tous les organes de ces trois fleurs se mettre en mouvement à la manière de ces mécaniques compliquées que l'on trouve dans nos foires villageoises, et qui entrent en branle quand un tireur habile a touché le point noir de la cible. (*Il est impossible de donner ici le détail de ce piège merveilleux décrit par Darwin, En voici le schème grossier : le pollen, dans l'orchis Morio, n'est pas pulvérulent, mais aggloméré en forme de petites massues appelées Pollinies. Chacune de ces massues (elles sont deux) se termine à son extrémité inférieure par une rondelle visqueuse (le Rétinacle) renfermée dans une sorte de sac membraneux (le Rost-illum) que le moindre contact fait éclater. Quand une abeille se pose sur la fleur, sa tête, en s'avançant pour pomper le nectar, effleure le sac membraneux qui se déchire et met à nu les deux rondelles visqueuses. Les Pollinies, grâce à la glu des rondelles, s'attachent à la tête de l'insecte qui, en quittant la fleur, les emporte comme deux cornes bulbeuses. Si ces deux cornes chargées de pollen demeuraient droites et rigides, au moment où l'abeille pénètre dans une orchidée voisine, elles toucheraient et feraient simplement éclater le sac membraneux de la seconde fleur, mais elles n'atteindraient pas le stigmate ou organe femelle qu'il s'agit de féconder, et qui est situé au-dessous du sac membraneux. Le génie de l'orchis Morio a prévu la difficulté, et, au bout de trente secondes, c'est à-dire dans le peu de temps nécessaire à l'insecte pour achever de pomper le nectar et se transporter sur une autre fleur, la tige de la petite massue se dessèche et se rétracte, toujours du même côté et dans le même sens; le bulbe qui contient le pollen s'incline, et son degré d'inclinaison est calculé de telle sorte qu'au moment où l'abeille entrera dans la fleur voisine il se trouvera tout juste au niveau du stigmate sur lequel il doit répandre sa poussière fécondante (Voir, pour tous les détails de ce drame intime du monde inconscient des fleurs, l'admirable étude de Ch. Darwin : De la fécondation des Orchidées par les insectes, et des bons effets du croisement.)* Nous pourrions descendre plus bas encore, montrer comme l'a fait Ruskin, dans ses *Ethics of the Dust* les habitudes, le caractère et les ruses des cristaux, leurs querelles, ce qu'ils font quand un corps étranger vient troubler leurs plans, qui sont plus anciens que tout ce que notre imagination peut concevoir, la manière dont ils admettent ou rejettent l'ennemi ; la victoire possible du plus faible sur le plus fort, par exemple le Quartz tout-puissant qui cède courtoisement à l'humble et sournois Épidote et lui permet de le surmonter, la lutte tantôt effroyable, tantôt magnifique du cristal de roche avec le fer, l'expansion régulière, immaculée, et la pureté intransigeante de tel bloc hyalin qui repousse d'avance toutes les souillures, et la croissance maladive, l'immoralité évidente de son frère, qui les accepte et se tord misérablement dans le vide; nous pourrions invoquer les étranges phénomènes de cicatrisation et de réintégration cristalline dont parle Claude Bernard, etc.... Mais, ici, le mystère nous est trop étranger. Tenons-nous à nos fleurs, qui sont les dernières figures d'une vie qui a encore quelque rapport à la nôtre. Il ne s'agit plus d'animaux ou d'insectes auxquels nous attribuons une volonté intelligente et particulière, grâce à laquelle ils survivent. À tort ou à raison, nous ne leur en accordons aucune. En tout cas, nous ne pouvons trouver en elles la moindre trace de ces organes où naissent et siègent d'habitude la volonté, l'intelligence, l'initiative d'une action. Par conséquent, ce qui agit en elles d'une manière si admirable, vient directement de ce qu'ailleurs nous appelons : la Nature. Ce n'est plus l'intelligence de l'individu, mais la force inconsciente et indivise, qui tend des pièges à d'autres formes d'elle-même. En induirons-nous que ces pièges soient autre chose que de purs accidents fixés par une routine accidentelle aussi ? Nous n'en avons pas encore le droit. On peut dire qu'au défaut de ces combinaisons miraculeuses, ces fleurs n'eussent pas survécu, mais que d'autres, qui n'auraient pas eu besoin de la fécondation croisée, les eussent remplacées, sans que personne se fût aperçu de l'inexistence des premières, sans que la vie qui ondule sur la terre nous eût paru moins incompréhensible, moins diverse ni moins étonnante.

XVII

Et pourtant, il serait difficile de ne pas reconnaître que des actes qui ont tout l'aspect d'actes de prudence et d'intelligence, provoquent et soutiennent les hasards fortunés. D'où émanent-ils? Du sujet même ou de la force où il puise la vie ? Je ne dirai pas "peu importe", au contraire : il nous importerait énormément de le savoir. Mais en attendant que nous l'apprenions, que ce soit la fleur qui s'efforce d'entretenir et de perfectionner la vie que la nature a mise en elle, ou la nature qui fasse effort pour entretenir et améliorer la part d'existence que la fleur a prise, que ce soit enfin le hasard qui finisse par régler le hasard ; une multitude d'apparences nous invitent à croire que quelque chose d'égal à nos pensées les plus hautes sort par moments d'un fonds commun que nous avons à admirer sans pouvoir dire où il se trouve. Il nous semble parfois qu'une erreur sorte de ce fonds commun. Mais bien que nous sachions fort peu de choses, nous avons maintes fois l'occasion de reconnaître que l'erreur est un acte de prudence qui dépasse la portée de nos premiers regards. Même dans le petit cercle que nos yeux embrassent, nous pouvons découvrir que si la nature paraît se tromper ici, c'est qu'elle juge utile de redresser là-bas son inadvertance présumée. Elle a mis les trois fleurs dont nous parlons, dans des conditions si difficiles, qu'elles ne peuvent se féconder elles-mêmes, mais c'est qu'elle juge profitable, sans que nous pénétrions pourquoi, que ces trois fleurs se fassent féconder par leurs voisines; et le génie qu'elle n'a pas montré à notre droite, elle le manifeste à notre gauche, en activant l'intelligence de ses victimes. Les détours de ce génie nous demeurent inexplicables, mais son niveau reste toujours le même. Il paraît descendre dans une erreur, n'admettant qu'une erreur soit possible, mais il remonte immédiatement dans l'organe chargé de la réparer. De quelque côté que nous nous tournions, il domine nos têtes. Il est l'océan circulaire, l'immense nappe d'eau sans étiage sur laquelle nos pensées les plus audacieuses, les plus indépendantes, ne seront jamais que des bulles soumises. Nous l'appelons aujourd'hui la nature, et demain nous lui trouverons peut-être un autre nom, plus terrible ou plus doux. En attendant, il règne à la fois et d'un esprit égal sur la vie et la mort, et fournit aux deux sœurs irréconciliables les armes magnifiques ou familières qui bouleversent et qui ornent son sein.

XVIII

Quant à savoir s'il prend des précautions pour maintenir ce qui s'agite à sa surface, ou s'il faut fermer le plus étrange des cercles en disant que ce qui s'agite à sa surface prend des précautions contre le génie même qui le fait vivre, voilà des questions réservées. Il nous est impossible de connaître si une espèce a survécu malgré les soins dangereux de la volonté supérieure, indépendamment de ceux-ci, ou enfin grâce à eux seuls. Tout ce que nous pouvons constater, c'est que telle espèce subsiste, et que par conséquent la nature semble avoir raison sur ce point. Mais qui nous apprendra combien d'autres, que nous n'avons pas connues, sont tombées victimes de son intelligence oublieuse ou inquiète? Tout ce qu'il nous est donné de constater encore, ce sont les formes surprenantes et parfois ennemies que prend, tantôt dans l'inconscience absolue, tantôt dans une espèce de conscience, le fluide extraordinaire qu'on nomme la vie, qui nous anime en même temps que tout le reste, et qui est cela même qui produit nos pensées qui le jugent et notre petite voix qui s'efforce d'en parler.

LIVRE V   LE VOL NUPTIAL

I

Voyons maintenant de quelle manière a lieu la fécondation de la reine-abeille. Ici encore, la nature a pris des mesures extraordinaires pour favoriser l'union des mâles et des femelles issus de souches différentes; loi étrange, que rien ne l'obligeait de décréter, caprice, ou peut-être inadvertance initiale dont la réparation use les forces les plus merveilleuses de son activité. Il est probable que si elle avait employé à assurer la vie, à atténuer la souffrance, à adoucir la mort, à écarter les hasards affreux, la moitié du génie qu'elle prodigue autour de la fécondation croisée et de quelques autres désirs arbitraires, l'univers nous eût offert une énigme moins incompréhensible, moins pitoyable que celle que nous tâchons de pénétrer. Mais ce n'est pas dans ce qui aurait pu être, c'est dans ce qui est qu'il convient de puiser notre conscience, et l'intérêt que nous prenons à l'existence. Autour de la reine virginale, et vivant avec elle dans la foule de la ruche, s'agitent des centaines de mâles exubérants, toujours ivres de miel, dont la seule raison d'être est un acte d'amour. Mais malgré le contact incessant de deux inquiétudes qui partout ailleurs renversant tous les obstacles, jamais l'union ne s'opère dans la ruche, et l'on n'a jamais réussi à rendre féconde une reine captive. *(Le professeur Me Lain est récemment parvenu à féconder artificiellement quelques reines, mais à la suite d'une véritable opération chirurgicale, délicate et compliquée. Du reste, la fécondité de ces reines fut restreinte, et éphémère)* Les amants qui l'entourent ignorent ce qu'elle est, tant qu'elle demeure au milieu d'eux. Sans se douter qu'ils viennent de la quitter, qu'ils dormaient avec elle sur les mêmes rayons, qu'ils l'ont peut-être bousculée dans leur sortie impétueuse, ils vont la demander à l'espace, aux creux les plus cachés de l'horizon. On dirait que leurs yeux admirables, qui coiffent toute leur tête d'un casque fulgurant, ne la reconnaissent et ne la désirent que lorsqu'elle plane dans l'azur. Chaque jour, de onze heures à trois heures, quand la lumière est dans tout son éclat, et surtout lorsque midi déploie jusqu'aux confins du ciel ses grandes ailes bleues pour attiser les flammes du soleil, leur horde empanachée se précipite à la recherche de l'épouse plus royale et plus inespérée qu'en aucune légende de princesse inaccessible, puisque vingt ou trente tribus l'environnent, accourues de toutes les cités d'alentour, pour lui faire un cortège de plus de dix mille prétendants, et que parmi ce dix mille, un seul sera choisi, pour un baiser unique d'une seule minute, qui le mariera à la mort en même temps qu'au bonheur, tandis que tous les autres voleront inutiles autour du couple enlacé, et périront bientôt sans revoir l'apparition prestigieuse et fatale.

II

Je n'exagère pas cette surprenante et folle prodigalité de la nature. Dans les meilleures ruches on compte d'habitude quatre ou cinq cents mâles. Dans les ruches dégénérées ou plus faibles, on en trouve souvent quatre ou cinq mille, car plus une ruche penche à sa ruine, plus elle produit de mâles. On peut dire qu'en moyenne, un rucher composé de dix colonies, éparpille dans l'air, à un moment donné, un peuple de dix mille mâles, dont dix ou quinze au plus auront chance d'accomplir l'acte unique pour lequel ils sont nés. En attendant, ils épuisent les provisions de la cité, et le travail incessant de cinq ou six ouvrières suffit à peine à nourrir l'oisiveté vorace et plantureuse de chacun de ces parasites qui n'ont d'infatigable que la bouche. Mais toujours la nature est magnifique, quand il s'agit des fonctions et des privilèges de l'amour. Elle ne lésine que les organes et les instruments du travail. Elle est particulièrement âpre à tout ce que les hommes ont appelé vertu. En revanche, elle ne compte ni les joyaux, ni les faveurs qu'elle répand sur la route des amants les moins intéressants. Elle crie de toutes parts : "Unissez-vous, multipliez, il n'est d'autre loi, d'autre but que l'amour", — quitte à ajouter à mi-voix : — "Et durez après si vous le pouvez, cela ne me regarde plus". On a beau faire, on a beau vouloir autre chose, on retrouve partout cette morale si différente de la nôtre. Voyez encore, dans les mêmes petits êtres, son avarice injuste et son faste insensé. De sa naissance à sa mort, l'austère butineuse doit aller au loin, dans les fourrés les plus épais, à la recherche d'une foule de fleurs qui se dissimulent. Elle doit découvrir aux labyrinthes des nectaires, aux allées secrètes des anthères, le miel et le pollen cachés. Pourtant ses yeux, ses organes olfactifs, sont comme des yeux, des organes d'infirme, au prix de ceux des mâles. Ceux-ci seraient à peu près aveugles et privés d'odorat qu'ils n'en pâtiraient guère, qu'ils le sauraient à peine. Ils n'ont rien à faire, aucune proie à poursuivre. On leur apporte leurs aliments tout préparés et leur existence se passe à humer le miel à même les rayons, dans l'obscurité de la ruche. Mais ils sont les agents de l'amour, et les dons les plus énormes et les plus inutiles sont jetés à pleines mains dans l'abîme de l'avenir. Un sur mille, parmi eux, aura à découvrir, une fois dans sa vie, au profond de l'azur, la présence de la vierge royale. Un sur mille devra suivre, un instant dans l'espace, la piste de la femelle qui ne cherche pas à fuir. Il suffit. La puissance partiale a ouvert à l'extrême et jusqu'au délire, ses trésors inouïs. À chacun de ses amants improbables, dont neuf cent quatre-vingt-dix-neuf seront massacrés quelques jours après les noces mortelles au millième, elle a donné treize mille yeux de chaque côté de la tête, alors que l'ouvrière en a six mille. Elle a pourvu leurs antennes, selon les calculs de Cheshire, de trente-sept mille huit cents cavités olfactives, alors que l'ouvrière n'en possède pas cinq mille. Voilà un exemple de la disproportion qu'on observe à peu près partout entre les dons qu'elle accorde à l'amour, et ceux qu'elle marchande au travail, entre la faveur qu'elle répand sur ce qui donne essor à la vie dans un plaisir, et l'indifférence où elle abandonne ce qui se maintient patiemment dans la peine. Qui voudrait peindre au vrai le caractère de la nature, d'après les traits que l'on rencontre ainsi, il en ferait une figure extraordinaire qui n'aurait aucun rapport à notre idéal, qui doit cependant provenir d'elle aussi. Mais l'homme ignore trop de choses pour entreprendre ce portrait où il ne saurait mettre qu'une grande ombre avec deux ou trois points d'une lumière incertaine.

III

Bien peu, je pense, ont violé le secret des noces de la reine-abeille, qui s'accomplissent aux replis infinis et éblouissants d'un beau ciel. Mais il est possible de surprendre le départ hésitant de la fiancée, et le retour meurtrier de l'épouse. Malgré son impatience, elle choisit son jour et son heure, et attend à l'ombre des portes qu'une matinée merveilleuse s'épanche dans l'espace nuptial, du fond des grandes urnes azurées. Elle aime le moment où un peu de rosée mouille d'un souvenir les feuilles et les fleurs, où la dernière fraîcheur de l'aube défaillante lutte dans sa défaite avec l'ardeur du jour, comme une vierge nue au bras d'un lourd guerrier, où le silence et les roses de midi qui s'approche, laissent encore percer çà et là quelque parfum des violettes du matin, quelque cri transparent de l'aurore. Elle paraît alors sur le seuil, au milieu de l'indifférence des butineuses qui vaquent à leurs affaires, ou environnée d'ouvrières affolées, selon qu'elle laisse des sœurs dans la ruche ou qu'il n'est plus possible de la remplacer. Elle prend son vol à reculons, revient deux ou trois fois sur la tablette d'abordage, et quand elle a marqué dans son esprit l'aspect et la situation exacte de son royaume qu'elle n'a jamais vu du dehors, elle part comme un trait au zénith de l'azur. Elle gagne ainsi des hauteurs et une zone lumineuse que les autres abeilles n'affronteront à aucune époque de leur vie. Au loin, autour des fleurs où flotte leur paresse, les mâles ont aperçu l'apparition et respiré le parfum magnétique qui se répand de proche en proche jusqu'aux ruchers voisins. Aussitôt les hordes se rassemblent et plongent à sa suite dans la mer d'allégresse dont les bornes limpides se déplacent. Elle, ivre de ses ailes, et obéissant à la magnifique loi de l'espèce qui choisit pour elle son amant et veut que le plus fort l'atteigne seul dans la solitude de l'éther, elle monte toujours, et l'air bleu du matin s'engouffre pour la première fois dans ses stigmates abdominaux et chante comme le sang du ciel dans les mille radicelles reliées aux deux sacs achéens qui occupent la moitié de son corps et nourrissent de l'espace. Elle monte toujours. Il faut qu'elle atteigne une région déserte que ne hantent plus les oiseaux qui pourraient troubler le mystère. Elle s'élève encore, et déjà la troupe inégale diminue et s'égrène sous elle. Les faibles, les infirmes, les vieillards, les mal venus, les mal nourris des cités inactives ou misérables, renoncent à la poursuite et disparaissent dans le vide. Il ne reste plus en suspens, dans l'opale infinie, qu'un petit groupe infatigable. Elle demande un dernier effort à ses ailes, et voici que l'élu des forces incompréhensibles la rejoint, la saisit, la pénètre et, qu'emportée d'un double élan, la spirale ascendante de leur vol enlacé tourbillonne une seconde dans le délire hostile de l'amour.

IV

La plupart des êtres ont le sentiment confus qu'un hasard très précaire, une sorte de membrane transparente, sépare la mort de l'amour, et que l'idée profonde de la nature veut que l'on meure dans le moment où l'on transmet la vie. C'est probablement cette crainte héréditaire qui donne tant d'importance à l'amour. Ici du moins se réalise dans sa simplicité primitive cette idée dont le souvenir plane encore sur le baiser des hommes. Aussitôt l'union accomplie, le ventre du mâle s'entrouvre, l'organe se détache, entraînant la masse des entrailles, les ailes se détendent et, foudroyé par l'éclair nuptial, le corps vidé tournoie et tombe dans l'abîme. La même pensée qui tantôt, dans la parthénogenèse, sacrifiait l'avenir de la ruche à la multiplication insolite des mâles, sacrifie ici le mâle à l'avenir de la ruche. Elle étonne toujours cette pensée; plus on l'interroge, plus les certitudes diminuent, et Darwin par exemple, pour citer celui qui de tous les hommes l'a le plus passionnément et le plus méthodiquement étudiée, Darwin sans trop se l'avouer, perd contenance à chaque pas et rebrousse chemin devant l'inattendu et l'inconciliable. Voyez-le, si vous voulez assister au spectacle noblement humiliant du génie humain aux prises avec la puissance infinie, voyez-le qui essaie de démêler les lois bizarres, incroyablement mystérieuses et incohérentes de la stérilité et de la fécondité des hybrides, ou celles de la variabilité des caractères spécifiques et génériques. À peine a-t-il formulé un principe que des exceptions sans nombre l'assaillent, et bientôt le principe accablé est heureux de trouver asile dans un coin et de garder, à titre d'exception, un reste d'existence. C'est que dans l'hybridité, dans la variabilité (notamment dans les variations simultanées, appelées corrélation de croissance), dans l'instinct, dans les procédés de la concurrence vitale, dans la sélection, dans la succession géologique et dans la distribution géographique; des êtres organisés, dans les affinités mutuelles, comme partout ailleurs, la pensée de la nature est tatillonne et négligente, économe et gracieuse, prévoyante et inattentive, inconstante et inébranlable, agitée et immobile, grandiose et mesquine dans le même moment et le même phénomène. Alors qu'elle avait devant elle le champ immense et vierge de la simplicité, elle le peuple de petites erreurs, de petites lois contradictoires, de petits problèmes difficiles qui s'égarent dans l'existence comme des troupeaux aveuglées. Il est vrai que tout cela se passe dans notre œil qui ne reflète qu'une réalité appropriée à notre taille et à nos besoins, et que rien ne nous autorise à croire que la nature perde de vue ses causes et ses résultats égarés. En tout cas, il est rare qu'elle leur permette d'aller trop loin, de s'approcher de régions illogiques ou dangereuses. Elle dispose de deux forces qui ont toujours raison, et quand les phénomènes dépassent certaines bornes, elle fait signe à la vie ou à la mort qui viennent rétablir l'ordre et retracer la route avec indifférence.

V

Elle nous échappe de toutes parts, elle méconnaît la plupart de nos règles, et brise toutes nos mesures. À notre droite, elle est bien au-dessous de notre pensée, mais voilà qu'à notre gauche, elle la domine brusquement comme une montagne. À tout moment il semble qu'elle se trompe, aussi bien dans le monde de ses premières expériences que dans celui des dernières, je veux dire dans le monde de l'homme. Elle y sanctionne l'instinct de la masse obscure, l'injustice inconsciente du nombre, la défaite de l'intelligence et de la vertu, la morale sans hauteur qui guide le grand flot de l'espèce et qui est manifestement inférieure à la morale que peut concevoir et souhaiter l'esprit qui s'ajoute au petit flot plus clair qui remonte le fleuve. Pourtant, est-ce à tort que ce même esprit se demande aujourd'hui si son devoir n'est pas de chercher toute vérité, par conséquent les vérités morales aussi bien que les autres, dans ce chaos plutôt qu'en lui-même, où elles paraissent relativement si claires et si précises? Il ne songe pas à renier la raison et la vertu de son idéal consacré par tant de héros et de sages, mais parfois il se dit que peut-être cet idéal s'est formé trop à part de la masse énorme dont il prétend à représenter la beauté diffuse. À bon droit, il a pu craindre jusqu'ici qu'en adaptant sa morale à celle de la nature, il n'eût anéanti ce qui lui paraît être le chef d'œuvre de cette nature même. Mais à présent qu'il connaît un peu mieux celle-ci, et que quelques réponses encore obscures, mais d'une ampleur imprévue, lui ont fait entrevoir un plan et une intelligence plus vastes que tout ce qu'il pouvait imaginer en se renfermant en lui-même, il a moins peur, il n'a plus aussi impérieusement besoin de son refuge de vertu et de raison particulières. Il juge que ce qui est si grand ne saurait enseigner à se diminuer. Il voudrait savoir si le moment n'est pas venu de soumettre à un examen plus judicieux ses principes, ses certitudes et ses rêves. Je le répète, il ne songe pas à abandonner son idéal humain. Cela même qui d'abord dissuade de cet idéal apprend à y revenir. La nature ne saurait donner de mauvais conseils à un esprit à qui toute vérité, qui n'est pas au moins aussi haute que la vérité de son propre désir, ne paraît pas assez élevée pour être définitive et digne du grand plan qu'il s'efforce d'embrasser. Rien ne change de place dans sa vie, sinon pour monter avec lui, et longtemps encore il se dira qu'il monte quand il se rapproche de l'ancienne image du bien. Mais dans sa pensée tout se transforme avec une liberté plus grande, et il peut descendre impunément dans sa contemplation passionnée, jusqu'à chérir autant que des vertus, les contradictions les plus cruelles et les plus immorales de la vie, car il a le pressentiment qu'une foule de vallées successives conduisent au plateau qu'il espère. Cette contemplation et cet amour n'empêchent pas qu'en cherchant la certitude, et alors même que ses recherches le mènent à l'opposé de ce qu'il aime, il ne règle sa conduite sur la vérité la plus humainement belle et se tienne au provisoire le plus haut. Tout ce qui augmente sa vertu bienfaisante entre immédiatement dans sa vie; tout ce qui l'amoindrirait y demeure en suspens, comme ces sels insolubles qui ne s'ébranleront qu'à l'heure de l'expérience décisive. Il peut accepter une vérité inférieure, mais, pour agir selon cette vérité, il attendra, durant des siècles, s'il est nécessaire, — qu'il aperçoive le rapport que cette vérité doit avoir à des vérités assez infinies pour envelopper et surpasser toutes les autres En un mot, il sépare l'ordre moral de l'ordre intellectuel, et n'admet dans le premier que ce qui est plus grand et plus beau qu'autrefois. Et s'il est blâmable de séparer ces deux ordres, comme on le fait trop souvent dans la vie, pour agir moins bien qu'on ne pense; voir le pire et suivre le meilleur, tendre son action au-dessus de son idée, est toujours salutaire et raisonnable, car l'expérience humaine nous permet d'espérer plus clairement de jour en jour, que la pensée la

50

plus haute que nous puissions atteindre sera longtemps encore au-dessous de la mystérieuse vérité que nous cherchons. Au surplus, quand rien ne serait vrai de tout ce qui précède, il lui resterait une raison simple et naturelle pour ne pas encore abandonner son idéal humain. Plus il accorde de force aux lois qui semblent proposer l'exemple de l'égoïsme, de l'injustice et de la cruauté, plus, du même coup, il en apporte aux autres qui conseillent la générosité, la pitié, la justice, car dès l'instant qu'il commence d'égaliser et de proportionner plus méthodiquement les parts qu'il fait à l'univers et à lui-même, il trouve à ces dernières lois quelque chose d'aussi profondément naturel qu'aux premières, puisqu'elles sont inscrites aussi profondément en lui que les autres le sont dans tout ce qui l'entoure.

VI

Remontons aux noces tragiques de la reine. Dans l'exemple qui nous occupe, la nature veut donc, en vue de la fécondation croisée, que l'accouplement du faux-bourdon et de la reine abeille ne soit possible qu'en plein ciel. Mais ses désirs se mêlent comme un réseau et ses lois les plus chères ont à passer sans cesse à travers les mailles d'autres lois, qui l'instant d'après passeront à leur tour à travers celles des premières. Ayant peuplé ce même ciel de dangers innombrables, de vents froids, de courants, d'orages, de vertiges, d'oiseaux, d'insectes, de gouttes d'eau qui obéissent aussi à des lois invincibles, il faut qu'elle prenne des mesures pour que cet accouplement soit aussi bref que possible. Il l'est, grâce à la mort foudroyante du mâle. Une étreinte y suffit, et la suite de l'hymen s'accomplit aux flancs mêmes de l'épouse. Celle-ci des hauteurs bleuissantes, redescend à la ruche tandis que frémissent derrière elle, comme des oriflammes, les entrailles déroulées de l'amant. Quelques apidologues prétendent qu'à ce retour gros de promesses, les ouvrières manifestent une grande joie. Buchner, entre autres, en trace un tableau détaillé. J'ai guetté bien des fois ces rentrées nuptiales et j'avoue n'avoir guère constaté d'agitation insolite, hors les cas où il s'agissait d'une jeune reine sortie à la tête d'un essaim et qui représentait l'unique espoir d'une cité récemment fondée et encore déserte. Alors toutes les travailleuses sont affolées et se précipitent à sa rencontre. Mais pour l'ordinaire, et bien que le danger que court l'avenir de la cité soit souvent aussi grand, il semble qu'elles l'oublient. Elles ont tout prévu jusqu'au moment où elles permirent le massacre des reines rivales. Mais arrivé là, leur instinct s'arrête ; il y a comme un trou dans leur prudence. Elles paraissent donc assez indifférentes. Elles lèvent la tête, reconnaissent peut-être le témoignage meurtrier de la fécondation, mais encore méfiantes, ne manifestent pas l'allégresse que notre imagination attendait. Positives et lentes à l'illusion, avant de se réjouir, elles attendent probablement d'autres preuves. On a tort de vouloir rendre logiques et humaniser à l'extrême tous les sentiments de petits êtres si différents de nous. Avec les abeilles, comme avec tous les animaux qui portent en eux un reflet de notre intelligence, on arrive rarement à des résultats aussi précis que ceux qu'on décrit dans les livres. Trop de circonstances nous demeurent inconnues. Pourquoi les montrer plus parfaites qu'elles ne sont, en disant ce qui n'est pas? Si quelques-uns jugent qu'elles seraient plus intéressantes si elles étaient pareilles à nous-mêmes, c'est qu'ils n'ont pas encore une idée juste de ce qui doit éveiller l'intérêt d'un esprit sincère. Le but de l'observateur n'est pas d'étonner, mais de comprendre, et il est aussi curieux de marquer simplement les lacunes d'une intelligence et tous les indices d'un régime cérébral qui diffère du nôtre, que d'en rapporter des merveilles. Pourtant, l'indifférence n'est pas unanime, et lorsque la reine haletante arrive sur la planchette d'abordage, quelques groupes se forment et l'accompagnent sous les voûtes, où le soleil, héros de toutes les fêtes de la ruche, pénètre à petits pas craintifs et trempe d'ombre et d'azur les murailles de cire et les rideaux de miel. Du reste, la nouvelle épousée ne se trouble pas plus que son peuple, et il n'y a point place pour de nombreuses émotions dans son étroit cerveau de reine pratique et barbare. Elle n'a qu'une préoccupation, c'est de se débarrasser au plus vite des souvenirs importuns de l'époux qui entravent sa démarche. Elle s'assied sur le seuil, et arrache avec soin les organes inutiles, que des ouvrières emportent à mesure et vont jeter au loin; car le mâle lui a donné tout ce qu'il possédait et beaucoup plus qu'il n'était nécessaire. Elle ne garde, dans sa spermathèque, que le liquide séminal où nagent les millions de germes qui, jusqu'à son dernier jour, viendront un à un, au passage des œufs, accomplir dans l'ombre de son corps l'union mystérieuse de l'élément mâle et femelle dont naîtront les ouvrières. Par un échange curieux, c'est elle qui fournit le principe mâle, et le mâle le principe femelle. Deux jours après l'accouplement, elle dépose ses premiers œufs, et aussitôt le peuple l'entoure de soins minutieux. Dès lors, douée d'un double sexe, renfermant en elle un mâle inépuisable, elle

51

commence sa véritable vie, elle ne quitte plus la ruche, ne revoit plus la lumière, si ce n'est pour accompagner un essaim ; et sa fécondité ne s'arrête qu'aux approches de la mort.

VII

Voilà de prodigieuses noces, les plus féeriques que nous puissions rêver, azurées et tragiques, emportées par l'élan du désir au-dessus de la vie, foudroyantes et impérissables, uniques et éblouissantes, solitaires et infinies. Voilà d'admirables ivresses où la mort, survenue dans ce qu'il y a de plus limpide et de plus beau autour de cette sphère : l'espace virginal et sans bornes, fixe dans la transparence auguste du grand ciel la seconde du bonheur, purifie dans la lumière immaculée ce que l'amour a toujours d'un peu misérable, rend inoubliable le baiser, et se contentant cette fois d'une dîme indulgente, de ses mains devenues maternelles, prend elle-même le soin d'introduire et d'unir pour un long avenir inséparable, dans un seul et même corps, deux petites vies fragiles. La vérité profonde n'a pas cette poésie, elle en possède une autre que nous sommes moins aptes à saisir; mais que nous finirons peut-être par comprendre et aimer. La nature ne s'est pas souciée de procurera ces deux "raccourcis d'atome", comme les appellerait Pascal, un mariage resplendissant, une idéale minute d'amour. Elle n'a eu en vue, nous l'avons déjà dit, que l'amélioration de l'espèce par la fécondation croisée. Pour l'assurer, elle a disposé l'organe du mâle d'une façon si particulière qu'il lui est impossible d'en faire usage ailleurs que dans l'espace. Il faut d'abord que par un vol prolongé il dilate complètement ses deux grands sacs trachéens. Ces énormes ampoules qui se gorgent d'azur, refoulent alors les parties basses de l'abdomen et permettent l'insertion de l'organe. C'est là tout le secret physiologique, assez vulgaire diront les uns, presque fâcheux affirmeront les autres, de l'essor admirable des amants, de l'éblouissante poursuite de ces noces magnifiques.

VIII

"Et nous, se demande un poète, devrons-nous donc toujours nous réjouir au-dessus de la vérité ?" Oui, à tout propos, à tout moment, en toutes choses, réjouissons-nous, non pas au-dessus de la vérité, ce qui est impossible puisque nous ignorons où elle se trouve, mais au-dessus des petites vérités que nous entrevoyons. Si quelque hasard, quelque souvenir, quelque illusion, quelque passion, n'importe quel motif en un mot, n'ait qu'un objet se montre à nous plus beau qu'il ne se montre aux autres, que d'abord ce motif nous soit cher. Peut-être n'est-il qu'erreur : l'erreur n'empêche point que le moment où l'objet nous paraît le plus admirable est celui où nous avons le plus de chance d'apercevoir sa vérité. La beauté que nous lui prêtons dirige notre attention sur sa beauté et sa grandeur réelles, qui ne sont point faciles à découvrir, et se trouvent dans les rapports que tout objet a nécessairement avec des lois, avec des forces générales et éternelles. La faculté d'admirer que nous aurons fait naître à propos d'une illusion ne sera pas perdue pour la vérité qui viendra tôt ou tard. C'est avec des mots, avec des sentiments, c'est dans la chaleur développée par d'anciennes beautés imaginaires, que l'humanité accueille aujourd'hui des vérités qui peut-être ne seraient pas nées, et n'auraient pu trouver un milieu favorable, si ces illusions sacrifiées n'avaient d'abord habité et réchauffé le cœur et la raison où les vérités vont descendre. Heureux les yeux qui n'ont pas besoin d'illusion pour voir que le spectacle est grand ! Pour les autres, c'est l'illusion qui leur apprend à regarder, à admirer et à se réjouir. Et si haut qu'ils regardent, ils ne regarderont pas trop haut. Dès qu'on s'en approche, la vérité s'élève ; dès qu'on l'admire on s'en rapproche. Et si haut qu'ils se réjouissent, ils ne se réjouiront jamais dans le vide ni au-dessus de la vérité inconnue et éternelle qui est sur toute chose comme de la beauté en suspens.

IX

Est-ce à dire que nous nous attacherons aux mensonges, à une poésie volontaire et irréelle, et que faute de mieux nous ne nous réjouirons qu'en eux? Est-ce à dire que dans l'exemple que nous avons sous tes yeux, — il n'est rien en soi, mais nous nous y arrêtons parce qu'il en représente mille autres et toute noire attitude en face de divers ordres de vérités, — est-ce à dire que dans cet exemple nous négligerons l'explication physiologique pour ne retenir et ne goûter que l'émotion de ce vol nuptial, qui, quelle qu'en soit la cause, n'en est pas moins l'un des plus beaux actes lyriques de celle force tout à coup désintéressée et irrésistible à laquelle obéissent tous les êtres vivants et qu'on nomme l'amour? Rien ne serait plus puéril, rien ne serait plus impossible, grâce aux excellentes habitudes qu'ont prises aujourd'hui tous les esprits de bonne foi. Ce menu fait de l'insertion de l'organe de l'abeille mâle, qui ne peut avoir lieu qu'à la suite du gonflement des vésicules trachéennes, nous l'admettrons évidemment puisqu'il est incontestable. Mais si nous nous en contentions, si nous ne regardions plus rien par de là, si nous en induisions que toute pensée qui va trop loin ou trop haut a nécessairement tort et que la vérité se trouve toujours dans le détail matériel, si nous ne cherchions pas, n'importe où, dans des incertitudes souvent plus étendues que celles que la petite explication nous a forcé d'abandonner, par exemple dans l'étrange mystère de la fécondation croisée, dans la perpétuité de l'espèce et de la vie, dans le plan de la nature, si nous n'y cherchions pas une suite à cette explication, un prolongement de beauté et de grandeur dans l'inconnu, j'ose presque assurer que nous passerions notre existence à une plus grande distance de la .vérité que ceux-là mêmes qui s'obstinent aveuglément dans l'interprétation poétique et tout imaginaire de ces noces merveilleuses. Ils se trompent évidemment sur la forme ou la nuance de la vérité, mais beaucoup mieux que ceux qui se flattent de la tenir tout entière dans la main, ils vivent sous son impression et dans son atmosphère. Ils sont préparés à la recevoir, il y a en eux un espace plus hospitalier, et s'ils ne la voient pas, ils tendent du moins les yeux vers le lieu de beauté et de grandeur où il est salutaire de croire qu'elle se trouve. Nous ignorons la fin de la nature qui est pour nous la vérité qui domine toutes les autres. Mais, pour l'amour même de cette vérité, pour entretenir en notre âme l'ardeur de sa recherche, il est nécessaire que nous la croyions grande. Et si, un jour nous reconnaissons que nous avons fait fausse route, qu'elle est petite et incohérente, ce sera grâce à l'animation que nous avait donnée sa grandeur présumée que nous découvrirons sa petitesse, et cette petitesse, quand elle sera certaine, nous enseignera ce qu'il faut faire. En attendant, ce n'est pas trop, pour aller à sa recherche, que de mettre en mouvement tout ce que notre raison et notre cœur possèdent de plus puissant et de plus audacieux. Et quand le dernier mot de tout ceci serait misérable, ce ne sera pourtant pas une petite chose que d'avoir mis à nu la petitesse ou l'inanité du but de la nature.

X

"Il n'y a pas encore de vérité pour nous, me disait un jour un des grands physiologistes de ce temps, tandis que je me promenais avec lui dans la campagne, il n'y a pas encore de vérité, mais il y a partout trois bonnes apparences de vérité. Chacun fait son choix ou plutôt le subit, et ce choix qu'il subit ou qu'il fait souvent sans réfléchir et auquel il se tient, détermine la forme et la conduite de tout ce qui pénètre en lui. L'ami que nous rencontrons, la femme qui s'avance en souriant, l'amour qui ouvre notre cœur, la mort ou la tristesse qui referment ce ciel de septembre que nous regardons, ce jardin superbe et charmant, où l'on voit, comme dans le *Psyché* de Corneille, "des berceaux de verdure soutenus par des termes dorés," le troupeau qui paît et le berger qui dort, les dernières maisons du village, l'océan entre les arbres, tout s'abaisse ou se redresse, tout s'orne ou se dépouille avant d'entrer en nous, selon le petit signe que lui fait notre choix. Apprenons à choisir l'apparence. Au déclin d'une vie où j'ai tant cherché la menue vérité et la cause physique, je commence à chérir, non pas ce qui éloigne d'elles, mais ce qui les précède, et surtout ce qui les dépasse un peu. "Nous étions arrivés au sommet d'un plateau de ce pays de Caux, en Normandie, qui est souple comme un parc anglais, mais un parc naturel et sans limites. C'est l'un des rares points du globe où la campagne se montre complètement saine, d'un vert sans défaillance. Un peu plus au nord, l'âpreté la menace; un peu plus au sud, le soleil la fatigue et la hâle. Au bout d'une plaine qui s'étendait jusqu'à la mer, des paysans édifiaient une meule. "Regardez, me dit-il : vus d'ici, ils sont beaux. Ils construisent cette chose si simple et si importante, qui est par excellence le monument heureux et presque invariable de la vie humaine qui se fixe : une meule de blé. La distance, l'air du soir, font de leurs cris de joie une sorte de chant sans paroles qui répond au noble chant des feuilles qui parlent sur nos têtes. Au-dessus d'eux, le ciel est magnifique, comme si des esprits bienveillants, munis de palmes de feu, avaient balayé toute la lumière du côté de la meule pour éclairer plus longtemps le travail. Et la trace des palmes est restée dans l'azur. Voyez l'humble église qui les domine et les surveille, à mi-côte, parmi les tilleuls arrondis et le gazon du cimetière familier qui regarde l'océan natal. Ils élèvent harmonieusement leur monument de vie sous les monuments de leurs morts qui firent les mêmes gestes et ne sont pas absents. "Embrassez l'ensemble : aucun détail trop particulier, trop caractéristique, comme on en trouverait en Angleterre, en Provence ou en Hollande. C'est le tableau large, et assez banal pour être symbolique, d'une vie naturelle et heureuse. Voyez donc l'eurythmie de l'existence humaine dans ses mouvements utiles. Regardez l'homme qui mène les chevaux, tout le corps de celui qui tend la gerbe sur la

53

fourche, les femmes penchées sur le blé et les enfants qui jouent... Ils n'ont pas déplacé une pierre, remué une pelletée de terre pour embellir le paysage; ils ne font pas un pas, ne plantent pas un arbre, ne sèment pas une fleur qui ne soient nécessaires. Tout ce tableau n'est que le résultat involontaire de l'effort de l'homme pour subsister un moment dans la nature; et cependant, ceux d'entre nous qui n'ont d'autre souci que d'imaginer ou de créer des spectacles de paix, de grâce ou de pensée profonde, n'ont rien trouvé de plus parfait, et viennent simplement peindre ou décrire ceci quand ils veulent nous représenter de la beauté ou du bonheur. Voilà la première apparence que quelques-uns appellent la vérité."

XI

"Approchons. Saisissez-vous le chant qui répondait si bien au feuillage des grands arbres? Il est formé de gros mots et d'injures; et quand le rire éclate c'est qu'un homme, qu'une femme lance une ordure ou qu'on se moque du plus faible, du bossu qui ne peut soulever son fardeau, du boiteux qu'on renverse, de l'idiot qu'on houspille. "Je les observe depuis bien des années. Nous sommes en Normandie, la terre est grasse et facile. Il y a autour de cette meule un peu plus de bien-être que n'en suppose ailleurs une scène de ce genre. Par conséquent, la plupart des hommes sont alcooliques, beaucoup de femmes le sont aussi. Un autre poison que je n'ai pas besoin de nommer, corrode encore la race. On lui doit, ainsi qu'à l'alcool, ces enfants que vous voyez là. Ce nabot, ce scrofuleux, ce cagneux, ce bec-de-lièvre et cet hydrocéphale. Tous, hommes et femmes, jeunes et vieux, ont les vices ordinaires du paysan. Ils sont brutaux, hypocrites, menteurs, rapaces, médisants, méfiants, envieux, tournés aux petits profits illicites, aux interprétations basses, à l'adulation du plus fort. La nécessité les rassemble et les contraint de s'entraider, mais le vœu secret de tous est de s'entre-nuire dès qu'ils peuvent le faire sans danger. Le malheur d'autrui est le seul plaisir sérieux du village. Une grande infortune y est l'objet, longuement caressé, de délectations sournoises. Ils s'épient, se jalousent, se méprisent, se détestent. Tant qu'ils sont pauvres, ils nourrissent contre la dureté et l'avarice de leurs maîtres une haine tenace et renfermée, et, s'ils ont à leur tour des valets, ils profitent de l'expérience de la servitude pour surpasser la dureté et l'avarice dont ils ont souffert. "Je pourrais vous faire le détail des mesquineries, des fourberies, des tyrannies, des injustices, des rancunes qui animent ce travail baigné d'espace et de paix. Ne croyez pas que la vue de ce ciel admirable, de la mer qui étale derrière l'église un autre ciel plus sensible qui coule sur la terre comme un grand miroir de conscience et de sagesse, ne croyez pas que cela les étende ou les élève. Ils ne l'ont jamais regardé. Rien ne remue et ne mène leurs pensées, sinon trois ou quatre craintes circonscrites : crainte de la faim, crainte de la force, de l'opinion et de la loi, et à l'heure de la mort, la terreur de l'enfer. Pour montrer ce qu'ils sont, il faudrait les prendre un à un. Tenez, ce grand à gauche qui a l'air jovial et lance de si belles gerbes. L'été dernier, ses amis lui cassèrent le bras droit dans une rixe d'auberge. J'ai réduit la fracture qui était mauvaise et compliquée. Je l'ai soigné longtemps, je lui ai donné de quoi vivre en attendant qu'il pût se remettre au travail. Il venait chez moi tous les jours. Il en a profité pour répandre au village qu'il m'avait surpris dans les bras de ma belle-sœur et que ma mère s'enivrait. Il n'est pas méchant, il ne m'en veut pas; au contraire, remarquez, son visage s'éclaire d'un bon sourire sincère en me voyant. Ce n'était pas la haine sociale qui le poussait. Le paysan ne hait pas le riche; il respecte trop la richesse. Mais je pense que mon bon porte fourche ne comprenait point pourquoi je le soignais sans en tirer profit. Il soupçonne quelque manigance et n'entend pas être dupe. Plus d'un, plus riche ou plus pauvre, avait fait de même avant lui, ou pis. Il ne croyait pas mentir en répandant ses inventions, il obéissait à un ordre confus de la moralité environnante. Il répondait sans le savoir, et pour ainsi dire malgré lui, au désir tout-puissant de la malveillance générale... Mais pourquoi achever un tableau connu de tous ceux qui ont vécu quelques années à la campagne. Voilà la seconde apparence que la plupart appellent la vérité. C'est la vérité de la vie nécessaire. Il est certain qu'elle repose sur les faits les plus précis, sur les seuls que tout homme puisse observer et éprouver.

XII

"Asseyons-nous sur ces gerbes, poursuivit-il, et regardons encore. Ne rejetons aucun des petits faits qui forment la réalité que j'ai dite. Laissons-les s'éloigner d'eux-mêmes dans l'espace. Ils encombrent le premier plan, mais il faut reconnaître qu'il y a derrière eux une grande force bien admirable qui maintient tout l'ensemble. La maintient-elle seulement, ne l'élève-t-elle pas ? Ces hommes que nous voyons ne sont plus tout à fait les animaux farouches de La Bruyère "qui avaient comme une voix articulée, et se retiraient la nuit dans des tanières, où ils vivaient de pain noir, d'eau et de racines..." "La race me direz-vous, est moins forte et moins saine, c'est possible ; l'alcool et l'autre fléau sont des accidents que l'humanité doit dépasser, peut-être des épreuves dont tels de nos organes, les organes nerveux par exemple, tireront bénéfice, car régulièrement nous voyons la vie profiter des maux qu'elle surmonte. Au surplus, un rien, qu'on peut trouver demain, suffira à les rendre inoffensifs. Ce n'est donc pas cela qui nous oblige à restreindre notre regard. Ces hommes ont des pensées, des sentiments que n'avaient pas encore ceux de La Bruyère. — "J'aime mieux la bête simple et toute nue, que l'odieuse demi bête, murmurai-je. —" "Vous parlez ainsi selon la première apparence, celle des poètes, que nous avons vue, reprit-il; ne la mêlons pas à celle que nous examinons. Ces pensées et ces sentiments sont petits et bas, si vous voulez, mais ce qui est petit et bas est déjà meilleur que ce qui n'est pas. Ils n'en usent guère que pour se nuire et persister dans la médiocrité où ils sont; mais il en va souvent ainsi dans la nature. Les dons qu'elle accorde, on ne s'en sert d'abord que pour le mal, pour empirer ce qu'elle semblait vouloir améliorer; mais, au bout du compte, de tout ce mal résulte toujours un certain bien. Du reste, je ne tiens nullement à prouver le progrès; selon l'endroit d'où on le considère, c'est une chose très petite ou très grande. Rendre un peu moins servile, un peu moins pénible la condition humaine, c'est un point énorme, c'est peut-être l'idéal le plus sûr; mais, évaluée par l'esprit un instant détaché des conséquences matérielles, la distance entre l'homme qui marche à la tête du progrès et celui qui se traîne aveuglément à sa suite, n'est pas considérable. Parmi ces jeunes rustres dont le cerveau n'est hanté que d'idées informes, il en est plusieurs où se trouve la possibilité d'atteindre en peu de temps le degré de conscience où nous vivons tous deux. On est souvent frappé de l'intervalle insignifiant qui sépare l'inconscience de ces gens, que l'on s'imagine complète, de la conscience que l'on croit le plus élevée. "D'ailleurs, de quoi est-elle faite cette conscience dont nous sommes si fiers ? De beaucoup plus d'ombre que de lumière, de beaucoup plus d'ignorance acquise que de science, de beaucoup plus de choses dont nous savons qu'il faut renoncer à les connaître que de choses que nous connaissons. Pourtant, elle est toute notre dignité, notre plus réelle grandeur, et probablement le phénomène le plus surprenant de ce monde. C'est elle qui nous permet de lever le front en face du principe inconnu et de lui dire : Je vous ignore, mais quelque chose en moi vous embrasse déjà. Vous me détruirez peut-être, mais, si ce n'est pour former de mes débris un organisme meilleur que le mien, vous vous montrerez inférieur à ce que je suis, et le silence qui suivra la mort de l'espèce à laquelle j'appartiens vous apprendra que vous avez été jugé. Et si vous n'êtes même pas capable de vous soucier d'être jugé justement, qu'importe votre secret? Nous ne tenons plus à le pénétrer. Il doit être stupide et hideux. Vous avez produit, par hasard, un être que vous n'aviez pas qualité pour produire. Il est heureux pour lui que vous l'ayez supprimé par un hasard contraire, avant qu'il ait mesuré le fond de votre inconscience, plus heureux encore qu'il ne survive pas à la série infinie de vos expériences affreuses. Il n'avait rien à faire dans un monde où son intelligence ne répondait à aucune intelligence éternelle, où son désir du mieux ne pouvait arriver à aucun bien réel. Encore une fois, le progrès n'est pas nécessaire pour que le spectacle nous passionne. L'énigme suffit, et cette énigme est aussi grande, a autant d'éclat mystérieux en ces paysans qu'en nous-mêmes. On la trouve partout lorsqu'on suit la vie jusqu'en son principe tout-puissant. Ce principe, de siècle en siècle, nous modifions son épithète. Il en a eu qui étaient précises et consolantes. On a reconnu que ces consolations et cette précision étaient illusoires. Mais que nous l'appelions Dieu, Providence, Nature, Hasard, Vie, Destin, le mystère reste le même, et tout ce que nous ont enseigné des milliers d'années d'expérience, c'est à lui donner un nom plus vaste, plus proche de nous, plus flexible, plus docile à l'attente et à l'imprévu. C'est celui qu'il porte aujourd'hui; et c'est pourquoi il ne parut jamais plus grand. Voilà l'un des nombreux aspects de la troisième apparence, et c'est la dernière vérité."

LIVRE VI   LE MASSACRE DES MALES

I

Après la fécondation des reines, si le ciel reste clair et l'air chaud, si le pollen et le nectar abondent dans les fleurs, les ouvrières, par une sorte d'indulgence oublieuse, ou peut-être par une prévoyance excessive, tolèrent quelque temps encore la présence importune et ruineuse des mâles. — Ceux-ci se conduisent dans la ruche comme les prétendants de Pénélope dans la maison d'Ulysse. Ils y mènent, en faisant carrosse et chère lie, une oisive existence d'amants honoraires, prodigues et indélicats : satisfaits, ventrus, encombrant les allées, obstruant les passages, embarrassant le travail, bousculant, bousculés, ahuris, importants, tout gonflés d'un mépris étourdi et sans malice, mais méprisés avec intelligence et arrière-pensée, inconscients de l'exaspération qui s'accumule et du destin qui les attend. Ils choisissent pour y sommeiller à l'aise le coin le plus tiède de la demeure, se lèvent nonchalamment pour aller humer à même les cellules ouvertes le miel le plus parfumé, et souillent de leurs excréments les rayons qu'ils fréquentent. Les patientes ouvrières regardent l'avenir et réparent les dégâts, en silence. De midi à trois heures, quand la campagne bleuie tremble de lassitude heureuse sous le regard invincible d'un soleil de juillet ou d'août, ils paraissent sur le seuil. Ils ont un casque fait d'énormes perles noires, deux hauts panaches animés, un pourpoint de velours fauve et frotté de lumière, une toison héroïque, un quadruple manteau rigide et translucide. Ils font un bruit terrible, écartent les sentinelles, renversent les ventileuses, culbutent les ouvrières qui reviennent chargées de leur humble butin. Ils ont l'allure affairée, extravagante et intolérante de dieux indispensables qui sortent en tumulte vers quelque grand dessein ignoré du vulgaire. Un à un, ils affrontent l'espace, glorieux, irrésistibles, et ils vont tranquillement se poser sur les fleurs les plus voisines où ils s'endorment jusqu'à ce que la fraîcheur de l'après-midi les réveille. Alors ils regagnent la ruche dans le même tourbillon impérieux, et, toujours débordant du même grand dessein intransigeant, ils courent aux celliers, plongent la tête jusqu'au cou dans les cuves à miel, s'enflent comme des .amphores pour réparer leurs forces épuisées, et regagnent à pas alourdis le bon sommeil sans rêve et sans soucis qui les recueille jusqu'au prochain repas.

II

Mais la patience des abeilles n'est pas égale à celle des hommes. Un matin, un mot d'ordre attendu circule par la ruche, et les paisibles ouvrières se transforment en juges et en bourreaux. On ne sait qui le donne ; il émane tout à coup de l'indignation froide et raisonnée des travailleuses, et selon le génie de la république unanime, aussitôt prononcé, il emplit tous les cœurs. Une partie du peuple renonce au butinage pour se consacrer aujourd'hui à l'œuvre de justice. Les gros oisifs endormis en grappes insoucieuses sur les murailles mellifères sont brusquement tirés de leur sommeil par une armée de vierges irritées. Ils se réveillent, béats et incertains, ils n'en croient pas leurs yeux, et leur étonnement à peine à se faire jour à travers leur paresse comme un rayon de lune à travers l'eau d'un marécage. Ils s'imaginent qu'ils sont victimes d'une erreur, regardent autour d'eux avec stupéfaction, et, l'idée-mère de leur vie se ranimant d'abord en leurs cerveaux épais, ils font un pas vers les cuves à miel pour s'y réconforter. Mais il n'est plus, le temps du miel de mai, du vin-fleur des tilleuls, de la franche ambroisie de la sauge, du serpolet, du trèfle blanc, des marjolaines. Au lieu du libre accès aux bons réservoirs pleins qui ouvraient sous leur bouche leurs margelles de cire complaisantes et sucrées, ils trouvent tout autour une ardente broussaille de dards empoisonnés qui se hérissent. L'atmosphère de la ville est changée. Le parfum amical du nectar a fait place à l'acre odeur du venin dont les mille gouttelettes scintillent au bout des aiguillons et propagent la rancune et la haine. Avant qu'il se soit rendu compte de l'effondrement inouï de tout son destin plantureux, dans le bouleversement des lois heureuses de la cité, chacun des parasites effarés est assailli par trois ou quatre justicières qui s'évertuent à lui couper les ailes, à scier le pétiole qui relie l'abdomen au thorax, à amputer les antennes fébriles, à disloquer les pattes, à trouver une fissure aux anneaux de la cuirasse pour y plonger leur glaive. Énormes, mais sans armes, dépourvus d'aiguillon, ils ne songent pas à se défendre, ne cherchent à s'esquiver ou n'opposent que leur masse obtuse aux coups qui les accablent. Renversés sur le dos, ils agitent gauchement, au bout de leurs puissantes pattes, leurs ennemies qui ne lâchent point prise, ou, tournant sur eux-mêmes, ils entraînent tout le groupe dans un tourbillon fou, mais bientôt épuisé. Au bout de peu de temps, ils sont si pitoyables, que la pitié, qui n'est jamais bien loin de la justice au fond de notre cœur, revient en toute hâte et demanderait grâce, — mais inutilement — aux dures ouvrières qui ne connaissent que la loi profonde et sèche de la nature. Les ailes des malheureux sont lacérées, leurs tarses arrachés, leurs antennes rongées, et leurs magnifiques yeux noirs, miroirs des heures exubérantes, réverbères de l'azur et de l'innocente arrogance de l'été, maintenant adoucis par la souffrance, ne reflètent plus que la détresse et l'angoisse de la fin. Les uns succombent à leurs blessures et sont immédiatement emportés par deux ou trois de leurs bourreaux aux cimetières lointains. D'autres, moins

56

atteints, parviennent à se réfugier dans un coin où ils s'entassent et où une garde inexorable les bloque jusqu'à ce qu'ils y meurent de misère. Beaucoup réussissent à gagner la porte et à s'échapper dans l'espace en entraînant leurs adversaires, mais, vers le soir, pressés par la faim et le froid, ils reviennent en foule à l'entrée de la ruche implorer un abri. Ils y rencontrent une autre garde inflexible. Le lendemain, à leur première sortie, les ouvrières déblayent le seuil où s'amoncelait les cadavres des géants inutiles, et le souvenir de la race oisive s'éteint dans la cité jusqu'au printemps suivant.

III

Souvent le massacre a lieu le même jour dans un grand nombre de colonies du rucher. Les plus riches, les mieux gouvernées, en donnent le signal. Quelques jours après, les petites républiques moins prospères les imitent. Seules, les peuplades les plus pauvres, les plus chétives, celles dont la mère est très vieille et presque stérile, pour ne pas abandonner l'espoir de voir féconder la reine vierge qu'elles attendent et qui peut naître encore, entretiennent leurs mâles jusqu'à l'entrée de l'hiver. Alors vient la misère inévitable, et toute la tribu, mère, parasites, ouvrières, se ramasse en un groupe affamé et étroitement enlacé qui périt en silence, dans l'ombre de la ruche, avant les premières neiges. Après l'exécution des oisifs dans les cités populeuses et opulentes, le travail reprend, mais avec une ardeur décroissante car le nectar se fait déjà plus rare. Les grandes fêtes et les grands drames sont passés. Le corps miraculeux enguirlandé de myriades d'âmes, le noble monstre sans sommeil, nourri de fleurs et de rosée, la glorieuse ruche des beaux jours de juillet, graduellement s'endort, et son haleine chaude, accablée de parfums, s'alanguit et se glace. Le miel d'automne, pour compléter les provisions indispensables, s'accumule cependant dans les murailles nourricières, et les derniers réservoirs sont scellés du sceau de cire blanche incorruptible. — On cesse de bâtir, les naissances diminuent, les morts se multiplient, les nuits s'allongent et les jours s'accourcissent. La pluie et les vents incléments, les brumes du matin, les embûches de l'ombre trop prompte, emportent des centaines de travailleuses qui ne reviennent plus, et tout le petit peuple, aussi avide de soleil que les cigales de l'Attique, sent s'étendre sur lui la menace froide de l'hiver. L'homme a prélevé sa part de la récolte. Chacune des bonnes ruches lui a offert quatre vingts ou cent livres de miel, et les plus merveilleuses en donnent parfois deux cents, qui représentent d'énormes nappes de lumière liquéfiée, d'immenses champs de fleurs visitées, une à une, mille fois chaque jour. Maintenant il jette un dernier coup d'œil aux colonies qui s'engourdissent. Il enlève aux plus riches leurs trésors superflus pour les distribuer à celles qu'ont appauvries des infortunes, toujours imméritées, dans ce monde laborieux: Il couvre chaudement les demeures, ferme à demi les portes, enlève les cadres inutiles et livre les abeilles à leur grand sommeil hivernal. Elles se rassemblent alors au centre de la ruche, se contractent et se suspendent aux rayons qui renferment les urnes fidèles, d'où sortira, pendant les jours glacés, la substance transformée de l'été. La reine est au milieu, entourée de sa garde. Le premier rang des ouvrières se cramponne aux cellules scellées, un second rang les recouvre, recouvert à son tour d'un troisième, et ainsi de suite jusqu'au dernier qui forme l'enveloppe. Lorsque les abeilles de cette enveloppe sentent le froid les gagner, elles rentrent dans la masse et d'autres les remplacent à tour de rôle. La grappe suspendue est comme une sphère tiède et fauve, que scindent les murailles de miel, et qui monte ou descend, avance ou recule d'une manière insensible à mesure que s'épuisent les cellules où elle s'attache. Car, au contraire de ce que l'on croit généralement, la vie hiémale des abeilles est ralentie mais non pas arrêtée. *(Une forte ruchée, pendant l'hivernage, qui dans nos contrées dure environ six mois, c'est-à-dire d'octobre au commencement d'avril, consomme pour l'ordinaire vingt à trente livres de miel.)* Par le bruissement concerté de leurs ailes, petites sœurs survivantes des flammes ensoleillées, qui s'activent ou s'apaisent selon les fluctuations de la température du dehors, elles entretiennent dans leur sphère une chaleur invariable et égale à celle d'une journée de printemps. Ce printemps secret émanant du beau miel qui n'est qu'un rayon de chaleur autrefois transmué, qui maintenant revient à sa forme première. Il circule dans la sphère comme un sang généreux. Les abeilles qui se tiennent sur les alvéoles débordants l'offrent à leurs voisines, qui le transmettent à leur tour. Il passe ainsi de griffes en griffes, de bouche en bouche, et gagne les extrémités du groupe, qui n'a qu'une pensée et une destinée éparse et réunie en des milliers de cœurs. Il tient lieu de soleil et de fleurs, jusqu'à ce que son frère aîné, le soleil véritable du grand printemps réel, glissant par la porte entr'ouverte ses premiers regards attiédis où renaissent les violettes et les anémones, réveille doucement les ouvrières pour leur montrer que l'azur a repris sa place sur le monde, et que le cercle ininterrompu qui joint la mort à la vie, vient de faire un tour sur lui-même et de se ranimer.

LIVRE VII   LE PROGRÈS DE L'ESPÈCE

I

Avant de clore ce livre, comme nous avons clos la ruche sur le silence engourdi de l'hiver, je veux relever une objection que manquent rarement de faire ceux à qui l'on découvre la police et l'industrie surprenante des abeilles. Oui, murmurent-ils, tout cela est prodigieux mais immuable. Voilà des milliers d'années qu'elles vivent sous des lois remarquables, mais voilà des milliers d'années que ces lois sont les mêmes. Voilà des milliers d'années qu'elles construisent ces rayons étonnants auxquels on ne peut rien ajouter ni retrancher, et où s'unit, dans une perfection égale, la science du chimiste, à celle du géomètre, de l'architecte et de l'ingénieur, mais ces rayons sont exactement pareils à ceux qu'on retrouve dans les sarcophages ou qui sont représentés sur les pierres et les papyrus égyptiens. Citez-nous un seul fait qui marque le moindre progrès, présentez-nous un détail où elles aient innové, un point où elles aient modifié leur routine séculaire: nous nous inclinerons et nous reconnaîtrons qu'il n'y a pas seulement en elles un instinct admirable, mais une intelligence qui a droit de se rapprocher de celle de l'homme; et d'espérer avec elle on ne sait quelle destinée plus haute que celle de la matière inconsciente et soumise. Ce n'est pas seulement le profane qui parle ainsi, mais des entomologistes de la valeur de Kirby et Spence ont usé du même argument pour dénier aux abeilles toute autre intelligence que celle qui s'agite vaguement dans l'étroite prison d'un instinct surprenant mais invariable. "Montrez-nous, disent-ils, un seul cas où, pressées par les circonstances, elles aient eu l'idée de substituer l'argile, par exemple, ou le mortier à la cire et à la propolis, et nous conviendrons qu'elles sont capables de raisonner." Cet argument, que Romanes appelle *"The question begging argument"*, et qu'on pourrait encore nommer "l'argument insatiable", est des plus dangereux, et, appliqué à l'homme, nous mènerait fort loin. A le bien considérer, il émane de "ce simple bon sens" qui fait souvent beaucoup de mal et qui répondait à Galilée : "Ce n'est pas la terre qui tourne puisque je vois le soleil marcher dans les cieux, remonter le matin et descendre le soir, et que rien ne peut prévaloir sur le témoignage de mes yeux." Le bon sens est excellent et nécessaire au fond de notre esprit, mais à la condition qu'une inquiétude élevée le surveille et lui rappelle au besoin l'infini de son ignorance; sinon il n'est que la routine des parties basses de notre intelligence. Mais les abeilles ont répondu elles-mêmes à l'objection de Kirby et Spence. Elle était à peine formulée qu'un autre naturaliste, Andrew Knight, ayant enduit d'une espèce de ciment fait de cire et de térébenthine l'écorce malade de certains arbres, observa que ses abeilles avaient complètement renoncé à récolter la propolis et n'usaient plus que de cette matière inconnue, mais bientôt éprouvée et adoptée, qu'elles trouvaient toute préparée en abondance aux environs de leur logis. Du reste, la moitié de la science et de la pratique apicole est l'art de donner carrière à l'esprit d'initiative de l'abeille, de fournir à son intelligence entreprenante l'occasion de s'exercer et de faire de véritables découvertes, de véritables inventions. Ainsi, lorsque le pollen est rare dans les fleurs, les apiculteurs, afin d'aider à l'élevage des larves et des nymphes, qui en consomment énormément, répandent une certaine quantité de farine à proximité du rucher. Il est évident qu'à l'état de nature, au sein de leurs forêts natales ou des vallées asiatiques où elles virent probablement le jour à l'époque tertiaire, elles n'ont jamais rencontré une substance de ce genre. Néanmoins, si l'on a soin d'en "amorcer" quelques-unes, en les posant sur la farine répandue, elles la tâtent, la goûtent, reconnaissent ses qualités à peu près équivalentes à celles de la poussière des anthères, retournent à la ruche, annoncent la nouvelle à leurs sœurs, et voilà que toutes les butineuses accourent à cet aliment inattendu et incompréhensible qui, dans leur mémoire héréditaire, doit être inséparable du calice des fleurs où, depuis tant de siècles, leur vol est si voluptueusement et si somptueusement accueilli.

II

Voici cent ans à peine, c'est-à-dire depuis les travaux de Huber, qu'on a commencé d'étudier sérieusement les abeilles et de découvrir les premières vérités importantes qui permettent de les observer avec fruit. Voici un peu plus de cinquante ans que, grâce aux rayons et aux cadres mobiles de Dzierzon et de Langstroth, se fonde l'apiculture rationnelle et pratique et que la ruche cesse d'être l'inviolable maison où tout se passait dans un mystère que nous ne pouvions pénétrer qu'après que la mort l'avait mis en ruines. Enfin, voici moins de cinquante ans que les perfectionnements du microscope et du laboratoire de l'entomologiste ont révélé le secret précis des principaux organes de l'ouvrière, de la mère et des mâles. Est-il étonnant que notre science soit aussi courte que notre expérience? Les abeilles vivent depuis des milliers d'années et nous les observons depuis dix ou douze lustres. Alors même qu'il serait prouvé que rien n'ait changé dans la ruche depuis que nous l'avons ouverte, aurions-nous le droit d'en conclure que jamais rien ne s'y soit modifié avant que nous l'eussions interrogée? Ne savons-nous pas que dans l'évolution d'une espèce, un siècle se perd comme une goutte de pluie aux tourbillons d'un fleuve, et que, sur la vie de la matière universelle, les millénaires passent aussi vite que les années sur l'histoire d'un peuple?

III

Mais il n'est pas établi que rien n'ait changé dans les habitudes de l'abeille. A les examiner sans parti pris, et sans sortir du petit champ éclairé par notre expérience actuelle, on trouvera, au contraire, des variations très sensibles. Et qui dira celles qui nous échappent? Un observateur qui aurait environ cent cinquante fois notre hauteur et à peu près sept cent mille fois notre importance (ce sont les rapports de notre taille et de notre poids à ceux de l'humble mouche à miel), qui n'entendrait pas notre langage et serait doué de sens tout différents des nôtres, se rendrait compte que d'assez curieuses transformations matérielles ont eu lieu dans les deux derniers tiers de ce siècle, mais comment pourrait-il se faire une idée de notre évolution morale, sociale, religieuse, politique et économique? Tout à l'heure, la plus vraisemblable des hypothèses scientifiques nous permettra de rattacher notre abeille domestique à la grande tribu des Apiens où se trouvent probablement ses ancêtres et qui comprend toutes les abeilles sauvages. *(Voici la place qu'occupe l'abeille domestique dans la classification scientifique : Classe Insectes. Ordre Hyménoptères. Famille Apidés. Genre Apis. Espèce Mellifica. Le terme Mellifica est celui de la classification linnéenne. Il n'est pas des plus heureux, toutes les Apidés, sauf peut-être certaines espèces parasites, étant mellifiques. Scopoli dit: Mellifera ; Réaumur, Domestiqua; Geoffroy, Gregaria. Apis linguista l'abeille italienne, est une variété de l'Apis Mellifica.)* Nous assisterons alors à des transformations physiologiques, sociales, économiques, industrielles et architecturales plus extraordinaires que celles de notre évolution humaine, Pour l'instant, nous nous en tiendrons à notre abeille domestique proprement dite. On en compte environ seize espèces suffisamment distinctes; mais au fond, qu'il s'agisse de l'Apis Dorsata, la plus grande, ou de l'Apis Florea, la plus petite que l'on connaisse, c'est exactement le même insecte plus ou moins modifié par le climat et les circonstances auxquelles il lui a fallu s'adapter. Toutes ces espèces ne diffèrent pas beaucoup plus entre elles qu'un Anglais ne diffère d'un Espagnol ou un Japonais d'un Européen. En bornant ainsi nos premières remarques, nous ne constaterons ici que ce que voient nos propres yeux, et dans ce moment même, sans le secours d'aucune hypothèse, quelque vraisemblable et impérieuse qu'elle soit. Nous ne passerons pas en revue tous les faits qu'on pourrait invoquer. Rapidement énumérés, quelques-uns des plus significatifs suffiront.

IV

Et d'abord, l'amélioration la plus importante et la plus radicale, qui correspondrait chez l'homme à d'immenses travaux : la protection extérieure de la communauté. Les abeilles n'habitent pas comme nous des villes à ciel ouvert et livrées aux caprices du vent et de l'orage, mais des cités recouvertes tout entières d'une enveloppe protectrice. Or, à l'état de nature et sous un climat idéal, il n'en va pas ainsi. Si elles n'écoutaient que le fond de leur instinct elles bâtiraient leurs rayons en plein air. Aux Indes, *l'Apis Dorsata* ne recherche pas avidement les arbres creux ou les cavités des rochers. L'essaim se suspend à l'aisselle d'une branche, et le rayon s'allonge, la reine pond, les provisions s'accumulent, sans autre abri que les corps mêmes des ouvrières. On a vu quelquefois notre abeille septentrionale, trompée par un été trop doux, revenir à cet instinct, et on a trouvé des essaims qui vivaient ainsi à l'air libre au milieu d'un buisson. *(Le cas est même assez fréquent parmi les essaims secondaires et tertiaires, car ils sont moins expérimentés et moins prudents que l'essaim primaire. Ils ont à leur tête une reine vierge et volage et sont presque entièrement composés de très jeunes abeilles en qui l'instinct primitif parle d'autant plus haut qu'elles ignorent encore la rigueur et les caprices de notre ciel barbare. Du reste aucun de ces essaims ne survit aux premières bises de l'automne, et ils vont rejoindre les innombrables victimes des lentes et obscures expériences de la nature.)* Mais, même aux Indes, cette habitude qui semble innée, a des suites fâcheuses. Elle immobilise un tel nombre d'ouvrières,

59

uniquement occupées à maintenir la chaleur nécessaire autour de celles qui travaillent la cire et élèvent le couvain, que l'Apis Dorsata suspendue aux branches, ne construit qu'un seul rayon. Par contre, le moindre abri lui permet d'en édifier quatre ou cinq et davantage, et renforce d'autant la population et la prospérité de la colonie. Aussi, toutes les races d'abeilles des régions froides et tempérées, ont-elles presque complètement abandonné cette méthode primitive. Il est évident que la sélection naturelle a sanctionné l'initiative intelligente de l'insecte, en ne laissant survivre à nos hivers que les tribus les plus nombreuses et les mieux protégées. Ce qui n'avait été qu'une idée contraire à l'instinct, est devenu peu à peu une habitude instinctive. Mais il n'est pas moins vrai que ce fut d'abord une idée audacieuse et probablement pleine d'observations, d'expériences et de raisonnements, que de renoncer ainsi à la vaste lumière naturelle et adorée pour se fixer aux creux obscurs d'une souche ou d'une caverne. On pourrait presque dire qu'elle fut aussi importante aux destinées de l'abeille domestique, que l'invention du feu à celles du genre humain.

V

Après ce grand progrès, qui tout en étant ancien et héréditaire demeure néanmoins actuel, nous trouvons une foule de détails infiniment variables qui nous prouvent que l'industrie et la politique même de la ruche ne sont pas fixées en des formules intangibles. Nous venons de parler de la substitution intelligente de la farine au pollen, et d'un ciment artificiel à la propolis. Nous avons vu avec quelle habileté elles savent approprier à leurs besoins les demeures parfois déconcertantes où on les introduit. Nous avons vu aussi avec quelle adresse immédiate et surprenante elles ont tiré parti des rayons de cire gaufrée qu'on imagina de leur offrir. Ici, l'utilisation ingénieuse d'un phénomène miraculeusement heureux, mais incomplet, est tout à fait extraordinaire. Elles ont réellement compris l'homme à demi-mot. Figurez-vous que depuis des siècles nous bâtissions nos villes, non pas avec des pierres, de la chaux et des briques, mais au moyen d'une substance malléable, péniblement sécrétée par des organes spéciaux de notre corps. Un jour, un être tout-puissant nous dépose au sein d'une cité fabuleuse. Nous reconnaissons qu'elle est faite d'une substance pareille à celle que nous sécrétons, mais pour tout le reste, c'est un rêve, dont la logique même, une logique déformée et comme réduite et concentrée, est plus déroutante que ne serait l'incohérence. Notre plan ordinaire s'y retrouve, tout y est selon notre attente, mais n'y est, qu'en puissance et pour ainsi dire écrasé par une force prénatale qui l'a arrêté dans l'ébauche et empêché de s'épanouir. Les maisons qui doivent compter quatre ou cinq mètres de hauteur forment de petits renflements que nos deux mains peuvent recouvrir. Des milliers de murailles sont marquées par un trait qui renferme à la fois leur contour et la matière dont elles seront bâties. Ailleurs, il y a de grandes irrégularités qu'il faudra rectifier, des gouffres qu'il faudra combler et raccorder harmonieusement à l'ensemble, de vastes surfaces branlantes qu'il sera nécessaire d'étayer. Car l'œuvre est inespérée, mais fruste et dangereuse. Elle a été conçue par une intelligence souveraine qui a deviné la plupart de nos désirs, mais qui, gênée par son énormité même, n'a pu les réaliser que fort grossièrement. Il s'agit donc de démêler tout cela, de tirer profit des moindres intentions du surnaturel donateur, d'édifier en quelques jours ce qui prend d'ordinaire des années, de renoncer à des habitudes organiques, de bouleverser de fond en comble les méthodes de travail. Il est certain que l'homme n'aurait pas trop de toute son attention pour résoudre les problèmes qui surgiraient, et ne rien perdre de l'aide ainsi offerte par une providence magnifique. Pourtant, c'est à peu près ce que font les abeilles dans nos ruches modernes. *(Puisque nous nous occupons une dernière fois des constructions de l'abeille, signalons en passant une particularité curieuse de l'Apis Florea. Certaines parois de ses cellules à mâles sont cylindriques au lieu d'être hexagonales. Il semble qu'elle n'ait pas encore achevé de passer de l'une à l'autre forme et d'adopter définitivement la meilleure)*

VI

La politique même des abeilles, ai-je dit, n'est probablement pas immobile. C'est le point le plus obscur et le plus difficile à constater. Je ne m'arrêterai pas à la manière variable dont elles traitent leurs reines, aux lois de l'essaimage propres à chaque ruche et qui paraissent se transmettre de générations en générations, etc... Mais à côté de ces faits qui ne sont pas assez déterminés, il en est d'autres, constants et précis, qui montrent que toutes les races de l'abeille domestique ne sont pas arrivées au même degré de civilisation

60

politique, qu'on en trouve où l'esprit public tâtonne encore et cherche peut-être une autre solution au problème royal. L'abeille syrienne, par exemple, élève d'ordinaire cent vingt reines et souvent davantage. Au lieu que notre Apis Mellifica, en élève, au plus, dix ou douze. Cheshire nous parle d'une ruche syrienne, nullement anormale, où l'on découvrit vingt et une reines-mères mortes et quatre-vingt-dix reines vivantes et libres. Voilà le point de départ ou d'arrivée d'une évolution sociale assez étrange et qu'il serait intéressant d'étudier à fond. Ajoutons que sous le rapport de l'élevage des reines, l'abeille chypriote se rapproche beaucoup de la syrienne. Est-ce un retour, encore incertain, à l'oligarchie après l'expérience monarchique, à la maternité multiple après l'unique? Toujours est-il que l'abeille syrienne et chypriote, très proches parentes de l'égyptienne et de l'italienne, sont probablement les premières que l'homme ait domestiquées. Enfin, une dernière observation nous fait voir plus clairement encore, que les mœurs, l'organisation prévoyante de la ruche, ne sont pas le résultat d'une impulsion primitive, mécaniquement suivie à travers les âges et les climats divers, mais que l'esprit qui dirige la petite république sait remarquer les circonstances nouvelles, s'y plier et en tirer parti, comme il avait appris à parer aux dangers des anciennes. Transportée en Australie ou en Californie, notre abeille noire change complètement ses habitudes. Dès la seconde ou la troisième année, ayant constaté que l'été est perpétuel, que les fleurs ne font jamais défaut, elle vit au jour le jour, se contente de récolter le miel et le pollen nécessaires à la consommation quotidienne, et son observation récente et raisonnée, l'emportant sur son expérience héréditaire, elle ne fait plus de provisions pour l'hiver. *(Fait analogue signalé par Büchner, et prouvant l'adaptation aux circonstances, non pas lente, séculaire, inconsciente et fatale, mais immédiate et intelligente : à la Barbade, au milieu des raffineries où durant toute l'année elles trouvent le sucre en abondance, elles cessent complètement de visiter les fleurs.)* On ne parvient même à entretenir son activité qu'en lui enlevant à mesure le fruit de son travail.

VII

Voilà ce que nous pouvons voir de nos yeux. On conviendra qu'il y a là quelques faits topiques et propres à ébranler l'opinion de ceux qui se persuadent que toute intelligence est immobile et tout avenir immuable, hormis l'intelligence et l'avenir de l'homme. Mais si nous acceptons un instant l'hypothèse du transformisme, le spectacle s'étend et sa lueur douteuse et grandiose atteint bientôt nos propres destinées. Il n'est pas évident, mais à qui l'observe attentivement, il est difficile de ne pas reconnaître qu'il y a dans la nature une volonté qui tend à élever une portion de la matière à un état plus subtil et peut-être meilleur, à pénétrer peu à peu sa surface d'un fluide plein de mystère que nous appelons d'abord la vie, ensuite l'instinct, et peu après l'intelligence; à assurer, à organiser, à faciliter l'existence de tout ce qui s'anime pour un but inconnu. Il n'est pas certain, mais beaucoup d'exemples que nous voyons autour de nous nous invitent à supposer que, si l'on pouvait évaluer la quantité de matière qui depuis l'origine s'est ainsi élevée, on trouverait qu'elle n'a cessé d'accroître. Je le répète, la remarque est fragile, mais c'est la seule que nous ayons pu faire sur la force cachée qui nous mène; et c'est beaucoup, dans un monde où notre premier devoir est la confiance à la vie, alors même qu'on n'y découvrirait aucune clarté encourageante, et tant qu'il n'y aura pas de certitude contraire. Je sais tout ce que l'on peut dire contre la théorie du transformisme. Elle a des preuves nombreuses et des arguments très puissants, mais qui, à la rigueur, ne portent pas conviction. Il ne faut jamais se livrer sans arrière-pensée aux vérités de l'époque où l'on vit. Peut-être que dans cent ans bien des chapitres de nos livres qui sont imprégnés de celle-ci, n'apparaitront vieillis comme le sont aujourd'hui les œuvres des philosophes du siècle passé, pleines d'un homme trop parfait et qui n'existe pas, et tant de pages du XVII° siècle qu'amoindrit la pensée du dieu âpre et mesquin de la tradition catholique, déformée par tant de vanités et de mensonges. Néanmoins, lorsqu'on ne peut savoir la vérité d'une chose, il est bon qu'on accepte l'hypothèse qui, dans le moment où le hasard nous fait naître, s'impose le plus impérieusement à la raison. Il y a à parier qu'elle est fausse, mais tant qu'on la croit vraie elle est utile, elle ranime les courages, et pousse les recherches dans une direction nouvelle. À première vue, pour remplacer ces suppositions ingénieuses, il semblerait plus sage de dire simplement la vérité profonde, qui est qu'on ne sait pas. Mais cette vérité ne serait salutaire que s'il était prouvé qu'on ne saura jamais. En attendant, elle nous maintiendrait dans une immobilité plus funeste que les plus fâcheuses illusions. Nous sommes ainsi faits que rien ne nous entraine plus loin ni plus haut que les bonds de nos erreurs. Au fond, le peu que nous avons appris, nous le devons à des hypothèses toujours hasardeuses, souvent absurdes, et pour la plupart moins circonspectes que celle d'aujourd'hui. Elles étaient peut-être insensées mais elles ont entretenu l'ardeur de la recherche. Que celui qui veille au foyer de l'hôtellerie humaine soit aveugle ou très vieux, qu'importe au voyageur qui a froid et vient s'asseoir à ses côtés? Si le feu ne s'est pas éteint sous sa garde, il a fait ce qu'aurait pu faire le meilleur. Transmettons cette ardeur, non pas intacte, mais accrue, et rien ne peut l'accroître davantage que cette hypothèse du transformisme qui nous force à interroger avec une méthode plus sévère et une passion plus constante tout ce qui existe sur la terre, dans ses entrailles, dans les profondeurs de la mer et l'étendue des cieux. Que lui oppose-t-on et qu'avons-nous à mettre à sa place si nous la rejetons? Le grand aveu de l'ignorance savante qui se connaît, mais qui pour l'ordinaire est inactive et décourage la curiosité, plus nécessaire à l'homme que la sagesse même, ou bien l'hypothèse de la fixité des espèces et de la création divine qui est moins démontrée que la nôtre, qui éloigne à jamais les parties vives du problème et se débarrasse de l'inexplicable en s'interdisant de l'interroger.

VIII

Ce matin d'avril, au milieu du jardin qui renaît sous une divine rosée verte, devant des plates-bandes de roses et tremblantes primevères bordées de thlaspi blanc, qu'on nomme encore alysse ou corbeille d'argent, j'ai revu les abeilles sauvages, aïeules de celle qui s'est soumise à nos désirs, et je me suis rappelé les leçons du vieil amateur des ruches de Zélande. Plus d'une fois, il me promena parmi ses parterres multicolores, dessinés et entretenus comme au temps du père Gats, le bon poète hollandais, prosaïque et intarissable. Ils formaient des rosaces, des étoiles, des guirlandes, des pendeloques et des girandoles au pied d'une aubépine ou d'un arbre fruitier taillé en boule, en pyramide ou en quenouille, et le buis, vigilant comme un chien de berger, courait le long des bords pour empêcher les fleurs d'envahir les allées. J'y appris les noms et les habitudes des indépendantes butineuses que nous ne regardons jamais, les prenant pour des mouches vulgaires, des guêpes malfaisantes ou des coléoptères stupides. Et pourtant chacune d'elles porte sous la double paire d'ailes qui la caractérise au pays des insectes, un plan de vie, les outils et l'idée d'un destin différent et souvent merveilleux. Voici d'abord les plus proches parents de nos abeilles domestiques, les Bourdons hirsutes et trapus, parfois minuscules, presque toujours énormes et couverts, comme les hommes primitifs, d'un informe sayon que cerclent des anneaux de cuivre ou de cinabre. Ils sont encore à demi barbares, violentent les calices, les déchirent s'ils résistent, et pénètrent sous les voiles satinés des corolles comme l'ours des cavernes entrerait sous la tente, toute de soie et de perles, d'une princesse byzantine. À côté, plus grand que le plus grand d'entre eux, passe un monstre vêtu de ténèbres. Il brûle d'un feu sombre, vert et violacé : c'est la Xylocope ronge-bois, la géante du monde mellifique. À sa suite, par rang de taille, viennent les funèbres Chalicodomes ou abeilles maçonnes qui sont habillées de drap noir et construisent, avec de l'argile et des graviers, des demeures aussi dures que la pierre. Puis, pêlemêle, volent les Dasypodes et les Halictes qui ressemblent aux guêpes, les Andrènes, souvent en proie à un parasite fantastique, le Stylops, qui transforme complètement l'aspect de la victime qu'il a choisie, les Panurgues, presque nains, et toujours accablés de lourdes charges de pollen, les Osmies multiformes qui ont cent industries particulières. L'une d'elles, Osmia papaveris ne se contente pas de demander aux fleurs le pain et le vin nécessaires ; elle taille à même les corolles du pavot et du coquelicot de grands lambeaux de pourpre, pour en tapisser royalement le palais de ses filles. Une autre abeille, la plus petite de toutes, un grain de poudre qui plane sur quatre ailes électriques, la Mégachile centunculaire, découpe dans les feuilles du rosier des demi-cercles parfaits qu'on croirait enlevés à l'emporte-pièce, les ploie, les ajuste et en forme un étui composé d'une suite de petits dés à coudre admirablement réguliers, dont chacun est la cellule d'une larve. Mais un livre entier suffirait à peine à énumérer les habitudes et les talents divers de la foule altérée de miel qui s'agite en tous sens sur les fleurs avides et passives, fiancées enchaînées qui attendent le message d'amour que des hôtes distraits leur apportent.

IX

On connaît environ quatre mille cinq cents espèces d'abeilles sauvages. Il va de soi que nous ne les passerons pas en revue. Peut-être qu'un jour, une étude approfondie, des observations et des expériences qu'on n'a pas faites jusqu'ici et qui demanderaient plus d'une vie d'homme, éclaireront d'une lumière décisive l'histoire de l'évolution de l'abeille. Cette histoire, n'a pas encore, que je sache, été méthodiquement entreprise. Il est à souhaiter qu'elle le soit, car elle toucherait à plus d'un problème aussi grand que ceux de bien des histoires humaines. Pour nous, sans plus rien affirmer puisque nous entrons dans la région voilée des suppositions, nous nous contenterons de suivre dans sa marche vers une existence plus intelligente, vers un peu de bien-être et de sécurité, une tribu d'hyménoptères, et nous marquerons d'un simple trait les points saillants de cette ascension plusieurs fois millénaire. La tribu en question est, nous le savons déjà, celle des Apiens, *(Il importe de ne pas confondre les trois termes : Apiens apidés et apites que nous emploierons tour à tour et que nous empruntons à la classification de M. Émile Blanchard. La tribu Apienne comprend toutes les familles d'abeilles. Les apidés forment la première de ces familles et se subdivisent en trois groupes : Les Mélipones, les Apites et les Bombites (Bourdons). Enfin les Apites renferment les diverses variétés de nos abeilles domestiques.)* dont les traits essentiels sont si bien fixés et si distincts qu'il n'est pas défendu de croire que tous ses membres descendent d'un ancêtre unique. Les disciples de Darwin, Hermann Müller entre autres, considèrent une petite abeille sauvage, répandue par tout l'univers, et appelée Prosopis, comme la représentante actuelle de l'abeille primitive dont seraient nées toutes les abeilles que nous connaissons aujourd'hui. L'infortunée Prosopis est à peu près à l'habitante de nos ruches ce que serait l'homme des cavernes aux heureux de nos grandes villes. Peut-être, sans y prendre garde, et sans vous douter que vous aviez devant vous la vénérable aïeule à laquelle nous devons probablement la plupart de nos fleurs et de nos fruits. — (On estime en effet que plus de cent mille espèces de plantes disparaîtraient si les abeilles ne les visitaient point,) et qui sait? notre civilisation même, car tout s'enchaîne dans ces mystères, peut-être l'avez-vous vue plus d'une fois dans un coin abandonné de votre jardin où elle s'agitait autour des broussailles. Elle est jolie et vive; la plus abondante en France est élégamment tachetée de blanc sur fond noir. Mais cette élégance cache un dénuement incroyable. Elle mène une vie famélique. Elle est presque nue alors que toutes ses sœurs sont vêtues de toisons chaudes et somptueuses. Elle ne possède aucun instrument de travail. Elle n'a pas de corbeilles pour récolter le pollen comme les Apidés, ou, à leur défaut, la houppe coxale des Andrènes, ou la brosse ventrale des Gastrilégides. Il faut qu'elle ramasse péniblement, à l'aide de ses petites griffes, la poudre des calices et qu'elle l'avale pour la porter dans sa tanière. Elle n'a d'autre outil que sa langue, sa bouche et ses pattes, mais sa langue est trop courte, ses pattes sont débiles et ses mandibules sans force. Ne pouvant produire la cire, ni creuser le bois, ni fouir le sol, elle pratique de maladroites galeries dans la moelle tendre des ronces sèches, y installe quelques cellules grossièrement agencées, les pourvoit d'un peu de nourriture destinée à des enfants qu'elle ne verra jamais, puis, sa pauvre tâche accomplie pour une fin qu'elle ne connaît point et que nous ne connaissons pas davantage elle s'en va mourir dans un coin, seule au monde, comme elle avait vécu.

X

Nous passerons sur bien des espèces intermédiaires où nous pourrions voir peu à peu la langue s'allonger pour puiser le nectar au creux d'un plus grand nombre de corolles, l'appareil collecteur de pollen, poils, houppes, brosses tibiales, tarsiennes et ventrales, poindre et se développer, les pattes et les mandibules se fortifier, des sécrétions utiles se former, et le génie qui préside à la construction des demeures chercher et trouver en tous sens des améliorations -surprenantes. Une telle étude exigerait un livre. Je n'en veux esquisser qu'un chapitre, moins qu'un chapitre, une page, qui nous montre à travers les tentatives hésitantes de la volonté de vivre et d'être plus heureux, la naissance, l'épanouissement et l'affermissement de l'intelligence sociale. Nous avons vu voleter la malheureuse Prosopis, qui porte en silence dans ce vaste univers plein de forces effrayantes son petit destin solitaire. Un certain nombre de ses sœurs, appartenant à des races déjà mieux outillées et plus habiles, par exemple les Colletés bien vêtues, ou la merveilleuse coupeuse des feuilles du rosier, la Mégachile centunculaire, vivent dans un isolement aussi profond, et si, par hasard, quelqu'un s'attache à elles et vient partager leur demeure, c'est un ennemi ou plus souvent un parasite. Car le monde des abeilles est peuple de fantômes, plus étranges que les nôtres, et mainte espèce a ainsi une sorte de double mystérieux et inactif, exactement pareil à la victime qu'il choisit. À cela près que sa paresse immémoriale lui a fait perdre un à un tous ses instruments de travail et qu'il ne peut plus subsister qu'aux dépens du type laborieux de sa race. *(Exemples. — Les Bourdons, qui ont pour parasites les Psithyres, les Stélides qui vivent au détriment des Anthidies. "On est obligé d'admettre, dit fort justement J. Perez (Les Abeilles) à propos de l'identité fréquente du parasite et de sa victime, on est obligé d'admettre que les deux genres ne sont que deux formes d'un même type, et sont unis entre eux par la plus étroite affinité. Pour les naturalistes qui adhèrent à la doctrine du transformisme, cette parenté n'est pas purement idéale, elle est réelle. Le genre parasite ne serait qu'une lignée issue du genre récoltant, et ayant perdu les organes de récolte par suite de son adaptation à la vie parasitique.)* Cependant, parmi les abeilles qu'on a appelées d'un nom un peu trop catégorique les Apidés solitaires pareil à une flamme écrasée sous l'amas de matière qui étouffe toute vie primitive, couve déjà l'instinct social. Çà et là, dans des directions inattendues, par éclats timides et parfois bizarres, comme pour le reconnaître, il parvient à percer le bûcher qui l'opprime et qui, un jour, nourrira son triomphe. Si tout est matière en ce monde, on surprend ici le mouvement le plus immatériel de la matière. Il s'agit de passer de la vie égoïste, précaire et incomplète à la vie fraternelle, un peu plus sûre et un peu plus heureuse. Il s'agit d'unir idéalement par l'esprit ce qui est réellement séparé par le corps, d'obtenir que l'individu se sacrifie à l'espèce et de substituer ce qui ne se voit pas aux choses qui se voient. Est-il étonnant que les abeilles ne réalisent pas du premier coup ce que nous, qui nous trouvons au point privilégié d'où l'instinct rayonne de toutes parts dans la conscience, n'avons pas encore démêlé? Aussi est-il curieux, presque touchant, de voir comme l'idée nouvelle tâtonne d'abord dans les ténèbres qui enveloppent tout ce qui naît sur cette terre. Elle sort de la matière, elle est encore toute matérielle. Elle n'est que du froid, de la faim, de la peur transformés en une chose qui n'a pas encore de figure. Elle rampe confusément autour des grands dangers, autour des longues nuits, de l'approche de l'hiver, d'un sommeil équivoque qui est presque la mort.

XI

Les Xylocopes, nous l'avons vu, sont de puissantes abeilles qui taraudent leur nid dans le bois sec. Elles vivent toujours solitaires. Pourtant, vers la fin de l'été, il arrive qu'on trouve quelques individus d'une espèce particulière," [Xylocopa Cyanescens), groupés frileusement dans une tige d'Asphodèle, pour passer l'hiver en commun. Cette fraternité tardive est exceptionnelle chez les Xylocopes, mais, chez leurs plus proches parentes, les Gératines, l'habitude est déjà invariable. Voilà l'idée qui point. Elle s'arrête aussitôt, et jusqu'ici, chez les Xylocopides, elle n'a pu dépasser cette première ligne obscure de l'amour. Chez d'autres Apiens, l'idée qui se cherche prend d'autres formes. Les Chalicodomes des hangars, qui sont des abeilles maçonnes, les Dasypodes et les Halictes, qui creusent des terriers, se réunissent en colonies nombreuses pour construire leurs nids. Mais c'est une foule illusoire formée de solitaires. Nulle entente, nulle action commune. Chacun, profondément isolé dans la multitude, bâtit sa demeure pour lui seul, sans s'occuper de son voisin. "C'est, dit M. J.Perez, un simple concours d'individus que les mêmes goûts, les mêmes aptitudes rassemblent au même endroit, où la maxime de chacun pour soi se pratique dans toute sa rigueur; enfin une cohue de travailleurs rappelant l'essaim d'une ruche uniquement par le nombre et l'ardeur. De telles réunions sont donc la simple conséquence du grand nombre d'individus habitant la même localité. Mais chez les Panurgues, cousines des Dasypodes, un petit trait de lumière jaillit soudain, et éclaire la naissance d'un sentiment nouveau dans l'agglomération fortuite. Elles se réunissent à la manière des précédentes et chacune fouit pour son compte sa chambre souterraine; mais l'entrée, le couloir qui de la surface du sol conduit aux terriers séparés, est commun. "Ainsi, dit encore M. Ferez, pour ce qui est du travail des cellules, chacune se comporte comme si elle était seule; mais toutes utilisent la galerie d'accès; toutes, en ceci, profitent du travail d'une seule et s'épargnent ainsi le temps et la peine d'établir chacune une galerie particulière. Il y aurait intérêt à s'assurer si ce travail préliminaire lui-même ne s'exécuterait pas en commun, et si plusieurs femelles ne relayeraient pas pour y prendre part à tour de rôle." Quoi qu'il en soit, l'idée fraternelle vient de percer la paroi qui séparait deux mondes. Ce n'est plus l'hiver, la faim ou l'horreur de la mort qui l'arrache à l'instinct, affolée et méconnaissable ; c'est la vie active qui la suggère. Mais cette fois encore, elle s'arrête court, elle ne parvient pas à s'étendre davantage dans cette direction. N'importe, elle ne perd pas courage, elle hante d'autres chemins. Et voici qu'elle pénètre chez les Bourdons, y mûrit, y prend corps dans une atmosphère différente et opère les premiers miracles décisifs.

XII

Les Bourdons, ces grosses abeilles velues, sonores, effrayantes mais pacifiques et que nous connaissons tous, sont d'abord solitaires. Dès les premiers jours de mars, la femelle fécondée qui a survécu à l'hiver commence la construction de son nid, soit sous terre, soit dans un buisson, selon l'espèce à laquelle elle appartient. Elle est seule au monde dans le printemps qui s'éveille. Elle déblaie, creuse, tapisse le lieu choisi.

Elle façonne ensuite d'assez informes cellules de cire, les garnit de miel et de pollen, pond, couve les œufs, soigne et nourrit les larves qui éclosent, et bientôt elle est entourée d'une troupe de filles qui l'assistent dans tous ses travaux du dedans et du dehors, et dont quelques-unes se mettent à pondre à leur tour. Le bien-être augmente, la construction des cellules s'améliore, la colonie s'accroît. La fondatrice en demeure l'âme et la mère principale, et se trouve à la tête d'un royaume qui est comme l'ébauche de celui de notre abeille mellifique. Ébauche d'ailleurs assez grossière. La prospérité y est toujours limitée, les lois sont mal définies et mal obéies, le cannibalisme, l'infanticide primitifs reparaissent par intervalles, l'architecture est informe et dispendieuse, mais ce qui, plus que tout, différencie les deux cités, c'est que l'une est permanente et l'autre éphémère. En effet, celle des Bourdons périra tout entière à l'automne, ses trois ou quatre cents habitants mourront sans laisser trace de leur passage, tout cet effort sera dispersé, et il n'y survivra qu'une seule femelle qui, au printemps prochain, recommencera dans la même solitude et le même dénuement que sa mère, le même travail inutile. Il n'en reste pas moins que cette fois l'idée a pris conscience de sa forme. Nous ne la voyons pas excéder cette forne chez les bourdons, mais à l'instant, fidèle à sa coutume, par une sorte de métempsycose infatigable, elle va s'incarner, toute frémissante encore de son dernier triomphe, toute-puissante et presque parfaite, dans un autre groupe, l'avant-dernier de la race, celui qui précède immédiatement notre abeille domestique qui la couronne, j'entends le groupe des Méliponites, qui comprend les -Mélipones et les Trigones tropicaux.

XIII

Ici tout est organisé comme dans nos ruches il y a une mère probablement unique, des ouvrières stériles et des mâles. *(Il n'est pas certain que le principe de la royauté ou de la maternité unique soit rigoureusement respecté chez les Méliponites. Blanchard pense avec raison que, étant dépourvues d'aiguillon et ne pouvant par conséquent s'entretuer aussi facilement que les reines-abeilles, plusieurs femelles vivent probablement dans la même ruche. Mais le fait n'a pu être vérifié jusqu'ici à cause de la grande ressemblance entre femelles et ouvrières et de l'impossibilité d'élever les Mélipones sous notre climat.)* Même, certains détails y sont mieux réglés. Les mâles, par exemple, ne sont pas complètement oisifs, ils sécrètent de la cire. L'entrée de la cité est plus soigneusement défendue : durant les nuits froides une porte la ferme; dans les nuits chaudes, une sorte de rideau qui laisse passer l'air. Mais la république est moins forte, la vie générale moins assurée, la prospérité plus bornée que chez nos abeilles, et partout où l'on introduit celles-ci, les Méliponites tendent à disparaître devant elles. L'idée fraternelle s'est également et magnifiquement épanouie dans les deux races, excepté sur un point, où chez l'une elle n'a guère dépassé ce qu'elle avait déjà réalisé dans l'étroite famille des Bourdons. Ce point, c'est l'organisation mécanique du travail en commun, l'économie précise de l'effort, en un mot l'architecture de la cité qui est manifestement inférieure. Il suffira de rappeler ce que j'en ai dit précédemment, en y ajoutant que, dans les ruches de nos Apites, toutes les cellules sont indifféremment propres à l'élevage du couvain et à l'emmagasinage des provisions et durent aussi longtemps que la cité même, au lieu que chez les Mélinites, elles ne peuvent servir qu'à une fin, et celles qui forment les berceaux des jeunes nymphes sont détruites après l'éclosion de celles-ci. C'est donc chez nos abeilles domestiques que l'idée a pris sa forme la plus parfaite ; et voici un tableau rapide et incomplet des mouvements de cette idée. Ces mouvements sont-ils fixés une fois pour toutes dans chaque espèce ou la ligne qui les relie n'existe-t-elle que dans notre imagination? Ne bâtissons pas encore de système dans cette région mal explorée. N'allons qu'à des conclusions provisoires, et, si nous le voulons, penchons plutôt vers les plus pleines d'espérance, car, s'il fallait absolument choisir, quelques lueurs nous indiquent déjà que les plus désirées seront les plus certaines. Du reste, reconnaissons encore que notre ignorance est profonde. Nous apprenons à ouvrir les yeux. Mille expériences qu'on pourrait faire n'ont pas été tentées. Par exemple, les Prosopis, prisonnières et forcées de cohabiter avec leurs semblables, pourraient-elles à la longue franchir le seuil de fer de la solitude absolue, prendre plaisir à se réunir comme les Dasypodes, et faire un effort fraternel pareil à celui des Pânurgues ? Les Panurgues, à leur tour, dans des circonstances imposées et anormales, passeraient-ils du couloir commun à la chambre commune? Les mères des Bourdons, hivernées ensemble, élevées et nourries en captivité, arriveraient-elles à s'entendre et à diviser le travail? Et les Méliponites, leur a-t-on donné des rayons de cire gaufrée? Leur a-t-on offert des amphores artificielles pour remplacer leurs curieuses amphores à miel? Les accepteraient-elles; en tireraient-elles parti, et comment adapteraient-elles leurs habitudes à cette architecture insolite? Questions qui s'adressent à de biens petits êtres, et qui pourtant renferment le grand mot de nos plus grands secrets. Nous n'y pouvons répondre, car notre expérience date d'hier. En comptant depuis Réaumur, voici à peu près un siècle et demi qu'on observe les mœurs de certaines abeilles sauvages. Réaumur n'en connaissait que quelques-unes, nous en avons étudié quelques autres; mais des centaines, des milliers peut-être, n'ont été interrogées jusqu'ici que par des voyageurs ignorants ou pressés. Celles que nous connaissons depuis les beaux travaux de l'auteur des Mémoires n'ont rien changé à leurs habitudes, et les bourdons qui, vers 1730, se poudraient d'or, vibraient comme le délectable murmure du soleil, et se gorgeaient de miel dans les jardins de Charenton, étaient tout pareils à ceux qui, l'avril revenu, bourdonneront demain à quelques pas de là, dans le bois de Vincennes. Mais de Réaumur à nos jours, c'est un clin d'œil du temps que nous examinons, et plusieurs vies d'homme bout à bout ne forment qu'une seconde dans l'histoire d'une pensée de la nature.

XIV

Si l'idée que nous avons suivie des yeux a pris sa forme suprême chez nos abeilles, domestiques, ce n'est pas à dire que tout soit irréprochable dans la ruche. Un chef-d'œuvre, la cellule hexagonale, y atteint à tous les points de vue la perfection absolue, et il serait impossible à tous les génies assemblés de n'y améliorer rien. Aucun être vivant, pas même l'homme, n'a réalisé au centre de sa sphère ce que l'abeille a réalisé dans la sienne, et si une intelligence étrangère à notre globe venait demander à la terre l'objet le plus parfait de la logique de la vie, il faudrait lui présenter l'humble rayon de miel. Mais tout n'est pas égal à ce chef-d'œuvre. Déjà, nous avons noté à la rencontre quelques fautes et quelques erreurs, parfois évidentes, parfois mystérieuses : la surabondance et l'oisiveté ruineuses des mâles, la parthénogenèse, les risques du vol nuptial, l'essaimage excessif, le manque de pitié, le sacrifice presque monstrueux de l'individu à la société. Ajoutons-y une propension étrange à emmagasiner d'énormes masses de pollen, qui, inutilisées, ne tardent pas rancir, à durcir, et à encombrer les gâteaux, le long interrègne stérile qui va du premier essaimage à la fécondation de la seconde reine, etc., etc. De ces fautes, la plus grave, la seule qui sous nos climats soit presque toujours fatale, c'est l'essaimage répété. Mais n'oublions pas que sous ce rapport la sélection naturelle de l'abeille domestique est, depuis des milliers d'années, contrariée par l'homme. De l'Égyptien du temps des Pharaons à nos paysans d'aujourd'hui, l'éleveur a toujours agi à contre biais des désirs et des avantages de l'espèce. Les ruches les plus prospères sont celles qui ne jettent qu'un essaim dès le commencement de l'été. Elles remplissent ainsi leur désir maternel, assurent le maintien de la souche, le renouvellement nécessaire des reines, et l'avenir de l'essaim, qui, nombreux et précoce, a le temps de bâtir des demeures solides et bien approvisionnées avant la venue de l'automne. Il est certain que livrées à elles-mêmes, ces ruches et leurs rejetons survivant seuls aux épreuves de l'hiver qui eussent presque régulièrement anéanti les colonies animées d'instincts différents, la règle de l'essaimage restreint se fût peu à peu fixée dans nos races septentrionales. Mais ce sont précisément ces ruches prudentes, opulentes et acclimatées que l'homme a toujours détruites pour s'emparer de leur trésor. Il ne laissait et ne laisse encore, suivant la pratique routinière, survivre que les colonies, souches épuisées, essaims secondaires ou tertiaires, qui ont à peu près de quoi passer l'hiver ou auxquelles il donne quelques déchets de miel pour compléter leurs misérables provisions. Il en est résulté que l'espèce s'est probablement affaiblie, que la tendance à essaimage excessif s'est héréditairement développée et qu'aujourd'hui presque toutes nos abeilles, surtout nos abeilles noires, essaiment trop. Depuis quelques années, les méthodes nouvelles de l'apiculture "mobiliste" sont venues combattre cette habitude dangereuse, et quand on voit avec quelle rapidité la sélection artificielle agit sur la plupart de nos animaux domestiques, sur les bœufs, les chiens les moutons, les chevaux, les pigeons, pour ne les pas citer tous, il est permis de croire qu'avant peu nous aurons une race d'abeilles qui renoncera presque entièrement à l'essaimage naturel et tournera toute son activité à la récolte du miel et du pollen.

XV

Mais les autres fautes, une intelligence qui prendrait plus clairement conscience du but la vie commune ne pourrait-elle s'en affranchir? Il y aurait beaucoup à dire sur ces fautes qui tantôt émanent de l'inconnu de la ruche tantôt ne sont qu'une suite de l'essaimage et de ses erreurs où nous avons pris part. Mais d'après ce qu'il a vu jusqu'ici, chacun peut à son gré accorder ou dénier toute intelligence aux abeilles. Je ne tiens pas à les défendre, me semble qu'en maintes circonstances elles montrent de l'entendement, mais elles feraient aveuglément tout ce qu'elles font que de curiosité n'en serait pas amoindrie. Il est intéressant de voir un cerveau trouver en soi des ressources extraordinaires pour lutter contre froid, la faim, la mort, le temps, l'espace, solitude, tous les ennemis de la matière qui s'anime; mais qu'un être parvienne à maintenir sa petite vie compliquée et profonde sans excéder l'instinct, sans rien faire que de très ordinaire, cela est bien intéressant et bien extraordinaire aussi. L'ordinaire et le merveilleux se confondent et se valent quand on les met à leur place véritable au sein de la nature. Ce n'est plus eux, qui portent des noms usurpés, c'est l'incompris et l'inexpliqué qui doivent arrêter nos regards, réjouir notre, activité, et donner une forme nouvelle et plus juste à nos pensées, à nos sentiments et à nos paroles. Il y a sagesse à ne point s'attacher à autre chose.

XVI

Au surplus, nous n'avons guère qualité pour juger, au nom de notre intelligence, les fautes des abeilles. Ne voyons-nous point parmi nous la conscience et l'intelligence vivre longtemps au milieu des erreurs et des fautes, sans les apercevoir, plus longtemps encore sans y porter remède? S'il existe un être que sa destinée appelle spécialement, presque organiquement, à prendre conscience, à vivre et à organiser la vie commune selon la raison pure c'est bien l'homme. Pourtant, voyez ce qu'il en fait, et comparez les fautes de la ruche à celles de notre société. Si nous étions des abeilles qui observassent des hommes, notre étonnement serait grand à examiner, par exemple, l'illogique et injuste organisation du travail dans une tribu d'êtres qui, par ailleurs nous sembleraient doués d'une raison éminente. Nous verrions la surface de la terre, unique source de toute la vie commune, péniblement et insuffisamment cultivée par deux ou trois dixièmes de la population totale; un autre dixième, absolument oisif, absorber la meilleure part des produits de ce premier travail; les sept derniers dixièmes, condamnés à une demi-faim perpétuelle, s'épuiser sans relâche en efforts étranges et stériles dont ils ne profitent jamais et qui ne paraissent servir qu'à rendre plus compliquée et plus inexplicable l'existence des oisifs. Nous en induirions que la raison et le sens moral de ces êtres appartiennent à un monde tout différent du nôtre et qu'ils obéissent à des principes que nous ne devons pas espérer de comprendre. Mais ne poussons pas plus loin cette revue de nos fautes. Aussi bien sont-elles toujours présentes à notre esprit. Il est vrai que, présentes, elles y font peu de chose. Ce n'est guère que de siècle en siècle que l'une d'elles se lève, secoue un instant son sommeil, pousse un cri de stupeur, étire le bras endolori qui soutenait sa tête, change de position, se recouche, se rendort, jusqu'à ce qu'une nouvelle douleur, née des mornes fatigues du repos, la réveille.

XVII

L'évolution des Apiens, ou tout au moins des Apites, étant admise, puisqu'elle est plus vraisemblable que leur fixité, quelle est donc la direction constante et générale de cette évolution? Elle parait suivre la même courbe que la nôtre. Elle tend visiblement à amoindrir l'effort, l'insécurité, la misère, à augmenter le bien-être, les chances favorables et l'autorité de l'espèce. À cette fin, elle n'hésite pas à sacrifier l'individu, en compensant par la force et le bonheur communs l'indépendance, d'ailleurs illusoire et malheureuse, de la solitude. On dirait que la nature estime, comme Périclès dans Thucydide, que les individus, alors même qu'ils y souffrent, sont plus heureux au sein d'une ville dont l'ensemble prospère, que si l'individu prospère et l'État dépérit. Elle protège l'esclave laborieux dans la cité puissante et abandonne aux ennemis sans forme et sans nom, qui habitent toutes les minutes du temps, tous les mouvements de l'univers, toutes les anfractuosités de l'espace, le passant sans devoirs dans l'association précaire. Ce n'est pas le moment de discuter cette pensée de la nature, ni de se demander s'il convient que l'homme la suive, mais il est certain que partout où la masse infinie nous permet de saisir l'apparence d'une idée, l'apparence prend ce chemin dont on ne connaît pas le terme. Pour ce qui nous regarde, il suffira de constater le soin avec lequel la nature s'attache à conserver et à fixer dans la race qui évolue, tout ce qui a été conquis sur l'inertie hostile de la matière: Elle marque un point à chaque effort heureux, et met en travers du recul qui serait inévitable après l'effort, on ne sait quelles lois spéciales et bienveillantes. Ce progrès, qu'il serait difficile de nier dans les espèces les plus intelligentes, n'a peut-être d'autre but que son mouvement même et ignore où il va. En tout cas, dans un monde où rien, sinon quelques faits de ce genre, n'indique une volonté précise, il est assez significatif de voir certains êtres s'élever ainsi graduellement et continûment, depuis le jour où nous avons ouvert les yeux; et quand les abeilles ne nous auraient révélé autre chose que cette mystérieuse spirale de lueurs dans la nuit toute-puissante, c'en serait assez pour ne pas regretter le temps consacré à l'étude de leurs petits gestes et de leurs humbles habitudes, si éloignées et pourtant si proches de nos grandes passions et de nos destins orgueilleux.

XVIII

Il se peut que tout cela soit vain et que notre spirale de lueurs, aussi bien que celle des abeilles, ne s'éclaire que pour amuser les ténèbres. Il se peut encore qu'un énorme incident, provenu du dehors, d'un autre monde, ou d'un phénomène nouveau, donne tout à coup un sens définitif à cet effort ou définitivement le détruise. Cependant suivons notre route comme si rien d'anormal ne devait survenir. Nous saurions que demain une révélation, par exemple une communication avec une planète plus ancienne et plus lumineuse, dût bouleverser notre nature, supprimer les passions, les lois et les vérités radicales de notre être, le plus sage serait de consacrer tout cet aujourd'hui à s'intéresser à ces passions, à ces lois et à ces vérités, à les accorder en notre esprit, à demeurer fidèle à notre destinée, qui est d'asservir et d'élever de quelques degrés en nous-mêmes et autour de nous les forces obscures de la vie. Il est possible que rien n'en subsiste dans la révélation nouvelle, mais il est impossible que ceux qui auront accompli jusqu'au bout la mission qui est par excellence la mission humaine, ne se trouvent pas au premier rang pour accueillir cette révélation : et alors même qu'elle leur apprendrait que le seul devoir véritable fût l'incuriosité et la résignation à l'inconnaissable, mieux que les autres, ils sauront comprendre cette incuriosité et cette résignation définitives et en tirer parti.

XIX

Et puis, ne poussons pas nos rêves de ce côté. Que la possibilité d'un anéantissement général n'entre point dans le calcul de nos besognes, non plus que l'assistance miraculeuse d'un hasard. Jusqu'ici, malgré les promesses de notre imagination, nous avons toujours été livrés à nous-mêmes et à nos seules ressources. C'est par nos efforts les plus humbles que nous avons réalisé tout ce qui a été fait d'utile et de durable sur cette terre. Libre à nous d'attendre le mieux ou le pire de quelque accident étranger; mais à la condition que cette attente ne se mêle pas à notre tâche humaine. Ici encore les abeilles nous donnent une leçon excellente, comme toute leçon de la nature. Pour elles, il y eut vraiment une intervention prodigieuse. Elles sont livrées, plus manifestement que nous, aux mains d'une volonté qui peut anéantir ou modifier leur race et transformer leurs destinées. Elles n'en suivent pas moins leur devoir primitif et profond. Et ce sont précisément celles d'entre elles qui obéissent le mieux à ce devoir qui se trouvent le mieux préparées à profiter de l'intervention surnaturelle qui élève aujourd'hui le sort de leur espèce. Or, il est moins difficile qu'on ne croit de découvrir le devoir invincible d'un être. On peut toujours le lire dans l'organe qui le distingue et auquel sont subordonnés tous les autres. Et de même qu'il est inscrit sur la langue, dans la bouche et dans l'estomac des abeilles qu'elles doivent produire le miel, il est inscrit dans nos yeux, dans nos oreilles, dans nos moelles, dans tous les lobes de notre tête, dans tout le système nerveux de notre corps, que nous sommes créés pour transformer ce que nous absorbons des choses de la terre, en une énergie particulière et d'une qualité unique sur ce globe. Nul être, que je sache, n'a été agencé pour produire comme nous ce fluide étrange, que nous appelons pensée, intelligence, entendement, raison, âme, esprit, puissance cérébrale, vertu, bonté, justice, savoir; car il possède mille noms, bien qu'il n'ait qu'une essence. Tout en nous lui fut sacrifié, nos muscles, notre santé, l'agilité de nos membres, l'équilibre de nos fonctions animales, la quiétude de notre vie, portent la peine grandissante de sa prépondérance. Il est l'état le plus précieux et le plus difficile où l'on puisse élever la matière. La flamme, la chaleur, la lumière, la vie même, puis l'instinct plus subtil que la vie et la plupart des forces insaisissables qui couronnaient le monde avant notre venue, ont pâli au contact de l'effluve nouveau. Nous ne savons où il nous mène, ce qu'il fera de nous, ce que nous en ferons. Ce sera à lui de nous l'apprendre quand il régnera dans la plénitude de sa force. En attendant, ne pensons qu'à lui donner tout ce qu'il nous demande, à lui sacrifier tout ce qui pourrait retarder son épanouissement. Il n'est pas douteux que c'est là, pour l'instant, le premier et le plus clair de nos devoirs. Il nous enseignera les autres par surcroit. Il les nourrira et les prolongera selon qu'il est nourri lui-même, comme l'eau des hauteurs nourrit et prolonge les ruisseaux de la plaine selon l'aliment mystérieux de sa cime. Ne nous tourmentons pas de connaître qui tirera parti de la force qui s'accumule ainsi à nos dépens. Les abeilles ignorent si elles mangeront le miel qu'elles récoltent. Nous ignorons également qui profitera de la puissance spirituelle que nous introduisons dans l'univers. Comme elles vont de fleurs en fleurs

68

recueillir plus de miel qu'ils n'en faut à elles-mêmes et à leurs enfants, allons aussi de réalités en réalités chercher tout ce qui peut fournir un aliment à cette flamme incompréhensible, afin d'être prêts à tout événement dans la certitude du devoir organique accompli. Nourrissons-la de nos sentiments, de nos passions, de tout ce qui se voit, se sent, s'entend, se touche, et de sa propre essence qui est l'idée qu'elle tire des découvertes, des expériences, des observations qu'elle rapporte de tout ce qu'elle visite. Il arrive alors un moment où tout se tourne si naturellement à bien pour un esprit qui s'est soumis à la bonne volonté du devoir réellement humain, que le soupçon même que les efforts où il s'évertue sont peut-être sans but, rend encore plus claire, plus pure, plus désintéressée, plus indépendante et plus noble, l'ardeur de sa recherche.

FIN